Philip folgt, aus einer Laune heraus, im Feierabendgedrängel einer Frau. Er kennt sie nicht, sieht sie auch nur von hinten, aber wie in einem Spiel sagt er sich: Geht sie dort entlang, folge ich ihr nicht weiter; geht sie in die andere Richtung, spiele ich das Spiel noch eine kleine Weile weiter. Es bedeutet scheinbar nichts, niemand kommt zu Schaden, und der Abstand ist so groß, dass die Frau es gar nicht bemerkt. Eher ist es eine sportliche Aufgabe, sie in der Menge nicht zu verlieren. Und viel Zeit hat er ohnehin nicht. Was bewegt ihn? Warum beginnt er plötzlich, seine Verpflichtungen zu vernachlässigen? Was will er von ihr? Steckt doch mehr dahinter? Ein dunkles Begehren? Etwas Bedrohliches liegt in der Luft. Ein atemloser Sog entsteht, in den auch der Leser gerät. Wie bricht der Zufall in unser Leben? Was lässt sich überhaupt mit Gewissheit voraussehen oder gar planen? Wie sehr können wir unseren Sinneswahrnehmungen trauen? Die aufgerufenen Fragen werfen ein Schlaglicht auf unsere Lebenswirklichkeit im 21. Jahrhundert.

Lukas Bärfuss, geb. 1971 in Thun/Schweiz. Dramatiker und Romancier, Essayist. Seine Stücke werden weltweit gespielt, seine Romane sind in fast zwanzig Sprachen übersetzt. Lukas Bärfuss lebt in Zürich. Preise u. a.: Mülheimer Dramatikerpreis (2005), Anna-Seghers-Preis (2008),Mara-Cassens-Preis (2008), Schillerpreis der Schweizerischen Schillerstiftung (2009), Erich-Maria-Remarque-Friedenspreis (2009), Hans-Fallada-Preis der Stadt Neumünster (2010), Kulturpreis Berner Oberland (2011), Berliner Literaturpreis (2013), Solothurner Literaturpreis (2014), Thuner Kulturpreis (2014), Schweizer Buchpreis (2014), Nicolas-Born-Preis (2015).

Lukas Bärfuss

HAGARD

Roman

btb

Für Muriel

Es ist für mich das Gleiche, von wo ich anfange;
denn dahin kehre ich wieder.
Parmenides, Fragment V

Seit viel zu langer Zeit versuche ich, Philips Geschichte zu verstehen. Ich will das Geheimnis lüften, das in ihr verborgen ist. Ein ums andere Mal bin ich gescheitert und konnte das Rätsel jener Bilder nicht entschlüsseln, die mich heimsuchen, Bilder der Grausamkeit und der Komik, wie in jeder Erzählung, in der das Begehren auf den Tod trifft.

Ich weiß alles, und ich begreife nichts. Ich kenne die Abfolge der Ereignisse. Ich weiß, wie die Geschichte anfängt, ich kenne den Tag und ich kenne den Ort: Es ist der Brezelstand vor dem Warenhaus beim Bellevue. Ich weiß, wann sie ihr Ende findet, nämlich sechsunddreißig Stunden später, am frühen Donnerstagmorgen des dreizehnten März auf einem Balkon irgendwo in der Vorstadt. Auch die Ereignisse, die dazwischen liegen, sind geklärt: die Sache mit dem Pelz, die erste kalte Nacht im Wagen, die fehlende Börse, die Elster, der verlorene Schuh, der tote japanische Mathematiker – all dies liegt offen zu Tage. Die Umstände aber, die Bedingungen, die jene Ereignisse ermöglicht haben, bleiben verborgen. Und je gründlicher ich die Einzelheiten kläre, umso schemenhafter wird die Welt, in der sich die Geschichte ereignete. Man könnte denken, es gehe mir wie jenem, den die

Redensart beschreibt; doch der Wald, darauf bestehe ich, ist eine reine Behauptung, ein abstraktes System, das in der Wirklichkeit nicht zu finden ist. Der Wald zerfällt in lauter Bäume, genau wie der Himmel in Planeten zerfällt, in Sterne und Meteore.

Nach meinen vergeblichen Versuchen, einen Zusammenhang in den Bildern zu finden, bin ich zum Schluss gekommen, dass es weniger diese Geschichte als solche ist, die ich nicht verstehe, und es vielmehr darum geht, meine Verstrickung zu erklären, herauszufinden, was sie mir sagen wollen, diese Erscheinungen, die mich berücken, verzaubern und einige Male an den Rand des Wahnsinns geführt haben. Meine Existenz hängt an dieser Geschichte, so rede ich mir ein, und gleichzeitig weiß ich, wie lächerlich ich bin und dass ich nichts zu fürchten habe, dass ich die Ereignisse jener Märztage ruhen lassen könnte und mir nichts geschehen würde, ich mein Leben weiterführen könnte wie bisher. Tatsächlich wäre ich gerettet, wenn ich eingestehen könnte, an Philips Geschichte gescheitert zu sein. Sie ist zu groß für mich – obwohl sie ganz einfach erscheint. Es ist, als ob ich bei jedem Versuch etwas vergessen würde, eine Einzelheit, die unerlässlich ist, als ob ich ein Zeichen verlöre, das mich auf die richtige Spur führt. Ich weiß, wie oft ich es geschworen und mich damit belogen habe wie ein Trinker, der sich mit dem letzten Glas betrügt. Ich bin ein Spieler knapp vor dem Bankrott, der ein letztes Mal die Karten geben lässt – einen Versuch will ich noch wagen, einmal noch werde ich die Ereignisse auferstehen lassen, einmal noch, und dann soll es damit sein Bewenden haben.

Meine Begierde hat mich umgetrieben, ja. Auch ich habe meine Obsessionen, natürlich, und wie jeder behalte ich sie lieber für mich. Nicht weil ich mich schäme, manche passen bloß nicht in das Bild, das ich von mir selbst habe und das jetzt, in der Hälfte des Lebens, mit jenem meiner Mitmenschen übereinstimmt: ein Mann mit vielen Schwächen und noch mehr Prinzipien. Aber der Eros fragt nicht nach den Bildern, die wir von uns selbst haben, im Gegenteil, oft scheint es, als versuchte er, sie zu widerlegen. Jeder habe seine dunkle Seite, so sagt man, aber mittlerweile habe ich begriffen, wie wenig das bei den meisten Menschen moralisch aufzufassen ist, dass das Dunkel nicht dem Bösen und das Helle nicht dem Guten zugeordnet werden darf. Die finstere Seite ist einfach jene, der das Licht fehlt, und lange hat es gedauert, bis ich verstanden habe, dass in der Nacht die Katzen tatsächlich schwarz sind, also nicht nur schwarz scheinen, nein: Ihnen fehlt jede Farbe. Wie bin ich darauf gekommen? Ach ja: meine Obsessionen. Ich muss hier an die Bekenntnisse von Rousseau denken, die ich vor einigen Jahren gelesen habe und die er doch, wenn ich mich richtig erinnere, damit beginnt, einen ganz und gar ehrlichen Bericht über sich selbst zu verfassen, nichts willentlich auszulassen, und worüber er nichts erzählen könne, das sei einfach dem Vergessen anheimgefallen. Und ich erinnere mich, wie wenig ich ihm diesen Vorsatz glaubte, ich hielt es für eine Stilisierung, ein, wie man sagt, Lippenbekenntnis, und ich misstraute dem Autor, bis er von seinen sexuellen Vorlieben berichtet. Ich kann mich nicht erinnern, in welchen Worten, ich weiß nur noch, wie es mich traf und dass ich von diesem Zeitpunkt an seinen Beteuerungen glaubte. Müsste ich also, um meinen Bericht glaubhaft zu machen, meine Perversionen offenbaren?

Einiges an Philips Geschichte ist mir peinlich, und es sind nicht die abseitigen, schmutzigen und kranken Momente, die man darin auch findet. Es ist die Nichtigkeit einiger Details, mit der ich mich nicht abfinden mag. Vieles erscheint fast unerheblich und ganz und gar alltäglich. So wäre es leichter für mich, wenn nicht diese pflaumenblauen Ballerinas Philips Aufmerksamkeit gefesselt hätten, gewöhnliche Schlupfschuhe, die längst nicht mehr Tänzerinnen vorbehalten sind. Für wenig Geld in jedem Kaufhaus zu finden, genäht oder geleimt, mit oder ohne Schleifen auf dem Rist, in allen möglichen Farben, matt oder gelackt. Und dass sie in diesem Fall aus Kalbsleder waren, fein gearbeitet und ausgesucht, ändert nichts an der Tatsache: Am Anfang dieser Geschichte steht ein Paar Damenschuhe.

Der Anfang? Damit ist es so eine Sache. Niemand kann bestimmen, mit welchem Ereignis eine Geschichte beginnt. Am Anfang schuf Gott den Himmel und die Erde, so heißt es – aber was hat er vorher getrieben? Und was immer es war: Warum gehört es nicht auch zum Anfang? Physiker, die Gott durch den Urknall ersetzen, werden einwerfen, die Frage sei absurd, da sie bereits die Zeit voraussetze, und dergleichen habe vor Gott oder dem Urknall nicht existiert. Bücher und Filme behaupten einen Beginn, doch in der Wirklichkeit gibt es seit dem ersten Anfang keine Anfänge mehr. Und vorläufig auch kein Ende, falls das ein Trost sein soll. Das Eine fließt in das Andere; doch wie das Ende der einen Geschichte mit dem Anfang der anderen zusammenhängt, bleibt dem menschlichen Geist unzugänglich. Wer das Gewebe der Wirklichkeit entwirren will, wird sich selbst verwirren. Das ist es, was ich zurückweise. Ich will das Rätsel lösen, aber ich will nicht verrückt werden.

Ich bin ein Zeuge jener Märztage, und als Zeuge werde ich von ihnen berichten, vollständig und ungeschönt. Manches wird mich in ein schlechtes Licht rücken, aber das ist mir einerlei. Ich könnte, um glaubwürdig zu scheinen, hier etwas weglassen, dort etwas erfinden. Aber das will ich nicht. Meine Obsession, so sei es denn gestanden, meine Obsession ist die Wahrhaftigkeit. Und ob läppisch oder nicht: Es waren nun einmal pflaumenblaue Ballerinas, die Philip in Bewegung setzten. Warum er ihnen folgte? Darauf habe ich keine Antwort. Es wird ein Spiel gewesen sein, wenigstens zu Beginn, harmlos und ohne Gefahr, denn wenn Philip geahnt hätte, was in den folgenden Stunden geschehen würde, er hätte augenblicklich von der Frau abgelassen. Er hat sein Verderben nicht gesucht, nicht einmal die Gefahr, obwohl er dann, als es so weit war und er begriff, an welchem Faden seine Existenz hing, sich dieser Gefahr stellte, ohne zu zögern.

Sicher ist: An jenem Dienstag, es war der elfte März, um Viertel nach vier, wartete Philip, ein Mann Ende vierzig, schwer und in den vergangenen Jahren etwas aus der Form geraten, in einem Café am Rand der Altstadt auf einen gewissen Hahnloser. Philip kannte ihn nicht und hatte bloß gehört, er sei kürzlich mit seinem Malergeschäft pleitegegangen, weshalb er ein Grundstück, das seit Generationen im Besitz der Familie war, veräußern müsse, einen unbebauten

Flecken hoch über dem See. Philip war der Ort des Treffens nicht genehm, er hätte das Sitzungszimmer seiner Firma bevorzugt, aber da er ein schnelles Geschäft witterte, das ihm, so schätzte er, dreißigtausend einbringen konnte, und da er gegen sechs Uhr abends ohnehin bei Belinda sein musste, die nicht weit von diesem Café wohnte, hatte er zugestimmt.

Das Lokal befand sich in einem bürgerlichen Palast des neunzehnten Jahrhunderts, einem ehemaligen Grandhotel aus der Zeit der großen Stadterweiterung, als man die Artillerieschanzen geschleift und die Seeufer aufgeschüttet hatte. Gold und roter Plüsch beherrschten die Atmosphäre, eine breite Treppe führte auf die Estrade, an den Tischen saßen Mütter mit ihren Kindern, vor sich die Reste der Süßigkeiten, leere Sirupgläser und Kaffeetassen. Hahnloser ließ auf sich warten, und Philip war versucht, sich aus der Vitrine ein Stück Torte zu bestellen, aber weil bis zum vereinbarten Zeitpunkt bloß fünf Minuten blieben und er unter keinen Umständen mit vollem Mund überrascht werden wollte, begnügte er sich mit einem Kaffee, in den er zwei Tüten Zucker rührte. Doch auch zehn Minuten später, die gereicht hätten, um in Ruhe eine halbe Torte zu verdrücken, war nichts von Hahnloser zu sehen. Er reagierte weder auf den Anruf noch auf die Nachricht, die Philip ihm schrieb. Und nachdem Philip sich von Vera hatte bestätigen lassen, dass er die richtige Nummer hatte, ging er die letzten Meldungen über die Maschine der Malaysia Airlines durch, eine Boeing 777, die am vergangenen Sonntag mit zweihundertneununddreißig Seelen an Bord irgendwo in den Roaring Forties verschwunden war, eine Tragödie, die ihn beschäftigte und beunruhigte. In Kuala Lumpur hatten die Behörden nicht die geringste Vorstellung, was mit dem Flugzeug geschehen war. Die Suche, die von Stunde zu Stunde auf weitere Gebiete ausgedehnt wurde, blieb ohne Ergebnis. Die Passagierliste enthielt neben chinesischen und malaysischen auch die Namen von zwei Österreichern, in Wirklichkeit Iraner, die mit gefälschten Pässen an Bord gelangt waren. Einige Stunden lang hielt man die beiden für Terroristen, bis sie sich als illegale Einwanderer entpuppten und auch diese Spur ins Nichts führte. Trümmer hatte man keine gefunden, und die Ölflecken in der Straße von Malakka stammten vom üblichen Schiffsverkehr.

Irgendwann entschloss sich Philip, eine Runde durch das Lokal zu drehen, doch entdeckte er niemanden, auf den Hahnlosers Beschreibung gepasst hätte. Als er zurück an seinen Tisch kam, war die Tasse abgeräumt und eine dicke Frau mit einer hellblauen Kappe saß auf seinem Platz. Einen Moment stand Philip unentschlossen da und wusste nicht, was er tun sollte, bis er schließlich seinen Aktenkoffer griff, am Tresen bezahlte, das Rückgeld nahm und hinaus auf die Straße trat.

Eine weitere Tatsache, die mir keine Ruhe lässt, ist die Stadt, in der sich dies ereignet hat. Es ist dieselbe, in der ich seit zwanzig Jahren lebe, die mir vertraut und zur Heimat geworden ist. Wenn ich an den Orten vorbeikomme, an denen Philip seine Spur aufnahm, die Plätze sehe, wo sich sein Schicksal entschied, jene ruhigen, friedlichen Orte, dann merke ich, wie unwahrscheinlich es ist, gerade hier eine solche Geschichte zu finden. Die Einwohner sind tüchtig und neigen nicht zu Extremen. Das Leben vollzieht sich in ruhigen Bahnen. Die Kämpfe, die hier ausgefochten werden, sind kaum exemplarisch und selten tödlich. Wenn man die Lebenskurve eines typischen Bewohners aufzeichnen müsste als gezeichnete Linie zwischen Geburt und Tod, dann wäre das Ergebnis ein flacher Strich, ohne Erhebungen oder Täler, ein gemächliches, stetes Streben dem eigenen Ende zu, hier und da unterbrochen von einigen Unregelmäßigkeiten, Erzitterungen durch Krankheit oder Scheidung. Selten wird hier eine Existenz nach dem vierzigsten Lebensjahr anders zu Ende gehen als mit einem allmählichen Verglühen, was vielleicht der falsche Begriff ist, da er ein Brennen voraussetzt. In Flammen stehen Wenige. Es ist eher, als würde einem mäßig gefüllten Ballon langsam die Luft ausgehen. Ja, auch hier gibt es Elend, wie überall, auch hier leben Menschen, die quälen, und Menschen, die leiden. Auch hier hört man gelegentlich von jenen erbarmungswürdigen Greisen, die eines Tages in ihrer Wohnung über ein Möbelstück stolpern, liegen bleiben und, zu schwach, um Hilfe zu rufen, im eigenen Schlafzimmer verdursten, unbemerkt, bis man sie dann findet, nach Monaten, weil sich im Haus ein süßlicher Geruch breitmacht. Doch nur die Toten gehen verloren, solange man lebt, bleibt man nicht unbemerkt. Niemand kann sich verstecken, und wenn man von Menschen hört, die sich über Jahre und sogar Jahrzehnte vor dem Zugriff der Polizei versteckt haben wie jener Verbrecher, der in Süditalien auf einem Bauernhof hauste und von da sein Syndikat leitete, mit Hilfe von handgeschriebenen Notizen, winzigen Papierfetzen, auf die er in mikroskopisch kleiner Schrift seine Anweisungen und Befehle schrieb, welcher Neuling in die Organisation aufgenommen, wann ein Verräter getötet und wie ein Territorialstreit gelöst werden sollte, dann wird das bei uns, in dieser Stadt, immer auf Erstaunen und Unverständnis stoßen. Ein Mensch, der so unauffällig lebt, müsste ins Gerede kommen, das Gerede würde bald die Autoritäten erreichen, der Mensch wäre enttarnt. Man ist wachsam, aber man sollte deswegen nicht glauben, wir besäßen eine besondere Aufmerksamkeit oder sogar ein Interesse für die eigene Stadt oder den Mitbürger, nein, im Allgemeinen ist Gleichgültigkeit die vorherrschende Haltung, eine gepflegte, anständige Ignoranz der fremden wie der eigenen Befindlichkeit gegenüber, und schon vor hundertsechzig Jahren hat man an anderer Stelle über die Menschen hier festgestellt, dass sie allerlei wunderliche Geschichten und Legenden mit der größten Genauigkeit erzählen können, ohne zu wissen, wie es zugegangen sei, dass der Großvater die Großmutter nahm. Seither hat sich viel geändert, die Stadt ist in der Welt beliebt geworden, allerlei internationales Personal verbringt hier ein paar Jahre, in denen man genießt und abschöpft, ohne den Anspruch zu haben, sich zu verwurzeln, heimisch zu werden.

Es war unwahrscheinlich, dass jemand wie dieser Philip sich ein anderes Schicksal wählen und sich innerhalb weniger Tage, um nicht zu sagen, Stunden, von einem soliden, gesicherten Dasein an den Rand der eigenen Vernichtung bringen würde. Man könnte sich diese Vorgänge in einer Umgebung vorstellen, die von inneren Spannungen zerrissen wird, mit Menschen, die Brüche, Leidenschaften gewohnt sind in einer Gesellschaft, in der Konflikte zum Alltag gehören – aber was soll ich machen? Es war nun einmal so, eine weitere Ungereimtheit in Philips Geschichte, und damit habe ich zu leben.

Allerdings begannen sich auch in meiner Stadt die Verhältnisse zu ändern. Es war kein sichtbarer Umbruch, äußerlich blieb alles beim Alten, aber ein Zweifel schlich sich in das Bewusstsein der Menschen. Die Zuversicht war verschwunden, das Vertrauen auf den morgigen Tag mit seinen Möglichkeiten, die Überzeugung, am eigenen Schicksal schmieden zu können, den nächsten Schritt zu machen auf dem Weg der Vervollkommnung, dies alles hatte Risse bekommen. Wenige sprachen es aus, aber viele erwarteten insgeheim einen Zusammenbruch, und an den Werkbänken, in Hörsälen und in Großraumbüros flüsterten Arbeiter, Professoren und Angestellte über die kommende Katastrophe. Es waren nicht zuerst die Bösewichte, die Potentaten, die man fürchtete, auch nicht die Selbstmörder, die sich auf belebten Plätzen in die Luft sprengten. Gewalt hatte man auch vorher gekannt, wir kamen nicht aus friedlichen Zeiten. Doch der Glaube war verloren, dass jemand die Zeitläufte nach seinem Willen bestimmte. Selbst die Mächtigen wirkten hilflos und schwach. Alles schien zufällig und willkürlich, und obwohl das Leben seinen gewohnten Gang nahm, fühlte man sich von einem Feind umgeben, der nur selten ein Gesicht bekam. Für die Einen war es jenes des abgezehrten Menschen, der irgendwo am Stadtrand, nach einer langen Flucht über das Meer, sich in einem Kajütenbett in Albträumen wälzte, in Erinnerungen an Tod und Vertreibung; für Andere waren es unsichtbare Herren, die in Hinterzimmern ihre Intrigen ausbrüteten und die nächste Verschwörung vorbereiteten. Man fürchtete sich vor der Zukunft, der Leichtsinn, der vor gar nicht langer Zeit die karierte Decke auf der blühenden Frühlingswiese ausgebreitet hatte, war verflogen. Man war, so las man in Zeitungskommentaren, in eine Schwellenzeit getreten, deren Ende, wann immer es uns treffen mochte, nur eines bedeuten konnte: den Untergang der Welt, wie wir sie kannten.

Philip stand in der Sonne und zündete sich eine Zigarette an. Der März in jenem Jahr war ungewöhnlich warm, schon der Februar hatte weder Schnee noch Kälte gesehen. Eine Südwestlage trieb das Quecksilber bis auf zwanzig Grad, Südwinde brachten eine dumpfe Wärme. Den ganzen Winter hindurch hatte es keinen Frost gegeben, der mit dem Ungeziefer aufgeräumt hätte, ein ungesunder Atem hing in der Luft, als würde sich nicht der Frühling, sondern eine fiebrige Krankheit ankündigen. Über dem Seeufer, das schwarz war von Menschen, kreisten Möwen, auf den verkoteten Planen der vertäuten Segelboote kauerten struppige Enten und erinnerten Philip an die unheilvollen Nachrichten aus dem Fernen Osten. Von einem Tag auf den anderen erkrankten die Menschen, wie jener Mann aus der Provinz Guangdong, der mit hohem Fieber,

Husten und Gliederschmerzen in das Kwong-Wah-Krankenhaus in Hongkong eingeliefert wurde. Angesteckt hatte er sich an einem geschlachteten Huhn, das jemand aus seiner Familie auf dem Markt von Kaiping gekauft hatte. Nach einem Zytokinsturm und einem Lungenödem versagten seine Organe. Das war der fünfte Fall in kurzer Zeit, der tödlich endete. Noch übertrug sich das Virus erst vom Tier auf den Menschen, doch die Ärzte warnten vor dem tödlichsten Erreger, seit man Influenza nachweisen konnte, und es war nur eine Frage der Zeit, bis der Erreger so weit mutiert war, dass er von Mensch zu Mensch springen und jene Hälfte der Bevölkerung, die keine Abwehrkräfte besaß, dahinraffen könnte.

Darüber war Philip in allen Einzelheiten unterrichtet, und dies verdankte er einem Freund, den er stets bei sich trug und beinahe minütlich befragte, ob in der Welt etwas geschehen war, das ihn betreffen könnte. Sein Gefährte war ein kluges Telefon, auf dem er schrieb, las und spielte und das erst vor wenigen Jahren seinen Siegeszug um die Welt angetreten hatte. Das Verhältnis zu diesen Maschinen war ungeklärt. Jene, die sie entwickelten, beteuerten ihre Philanthropie, aber wir misstrauten ihnen, hielten sie für Übeltäter, an einem Projekt beteiligt, das die Abschaffung des Menschen bezweckte. Trotzdem verzichteten die Wenigsten auf die Maschinen, im Gegenteil, wir benutzten sie umso ausgiebiger, räumten ihnen einen Platz in immer neuen Lebensbereichen ein. Arbeit war ohne sie kaum mehr vorstellbar, aber auch in der Freizeit, bei der Gesundheit und immer mehr auch in der Liebe, überließ man ihnen die Führung, ging ergeben an ihrer Leine und wusste gleichzeitig, wie wenig wahrscheinlich es war, dass sie einen ins Glück führten. Aber da wir das Vertrauen in die eigene Freiheit verloren hatten, das Wissen, worin unser Glück bestehen könnte, blieb man diesen Maschinen verbunden.

Jede Epoche besitzt ein Werkzeug, auf das sie fundamental angewiesen ist. Die industrielle Revolution ist gleich der Dampfmaschine, die Aufklärung brauchte den Setzkasten, und auch meine Zeit hing an einem Gerät, allerdings war es nicht das kluge Telefon, wie die meisten glaubten, es war das Netzteil mit einem Ladekabel, ein kleiner Transformator, mit dem man die Lithium-Ionen-Batterien auflud, die jene Alleskönner betrieben. Das Netzteil war klein und unscheinbar, kaum jemand sprach darüber, aber kaum fehlte es, verhungerten diese klugen Telefone, die Menschen wurden stumm und taub und getrennt von den anderen und ziemlich hilflos.

Noch aber war Philip verbunden. Er verschattete die Augen, damit er auf dem Bildschirm die Tastatur erkennen konnte. Er werde, so schrieb er Vera, in der Nähe bleiben, und falls Hahnloser auftauche, möge man ihm Bescheid geben. Bei dieser Gelegenheit erinnerte er daran, ihn rechtzeitig für den Flug nach Las Palmas einzuchecken, auf einem der vorderen Plätze, damit er bei der Landung keine Zeit verlieren und pünktlich in Tejeda sein konnte, um eine Gruppe von Pensionären zu treffen, die dort Wanderferien machten und sich für Alterswohnungen interessierten. Bis Freitag wollte Philip auf der Insel bleiben, den Papierkram mit dem Notar erledigen und die letzten Unterschriften unter die Verträge setzen. Vier der zwölf Apartments hatte er schon verkauft, obwohl sie erst auf den Plänen und in einem lächerlichen Trickfilm existierten. Es war das größte Vorhaben, seit er sich selbstständig gemacht hatte. Die Bebauung hatte ihn Zeit, Geld und Nerven gekostet, und jetzt ging es nur noch darum, die Verträge zu unterzeichnen und den Gewinn einzustreichen.

Die Müdigkeit, die ihn befiel, führte Philip auf das verpasste Mittagessen und die Wärme zurück. In der Stunde, die ihm blieb, bis er bei Belinda erscheinen konnte, wollte er sich in seinen Wagen verkriechen und sich ein paar Minuten aufs Ohr legen. So ging er hinauf zum Parkhaus an der Promenade, das ihm jetzt, kurz vor fünf Uhr abends, seltsam verlassen vorkam. Kein Mensch war zu sehen, nicht an der Kasse unten am Eingang, nicht im Treppenhaus und auch nicht im Fahrstuhl. Auf der Etage G standen die meisten Parkfelder leer. Es war unheimlich still, auch die aggressionshemmende Musik, die sonst aus den Lautsprechern plätscherte, fehlte. Philip fragte sich, ob er ein Schild übersehen hatte, das auf eine außerordentliche Schließung hinwies, ob es einen Polizeieinsatz gab oder einen Brandfall, weswegen man das Parkhaus geräumt hatte, doch als er in den unteren Etagen zuerst einen Motor und dann Stimmen hörte, beruhigte er sich und ging zu seinem BMW. Er schloss auf, schob den Sitz nach hinten, legte die Lehne flach, räumte den Dinosaurier weg und machte es sich bequem. Er drehte das Radio an, bloß ein Rauschen war zu hören; auch sein Telefon hatte, wie er feststellte, in diesem Gebäude, hinter diesen Betonmauern, keinen Empfang. Er ärgerte sich, sie hätten eine Antenne aufstellen können, nun war er von der Umwelt abgeschnitten, und falls Hahnloser doch noch auftauchte, würde ihn Veras Nachricht nicht erreichen.

Was in jenem Moment durch Philips Kopf ging, ist nicht klar. Er wog wohl ab, wie wahrscheinlich es war, dass dieses Geschäft noch zustande kam, vielleicht dachte er daran, nach draußen zu fahren und sich einen Parkplatz zu suchen, aber das war um diese Zeit so gut wie unmöglich; er würde bloß wertvolle Zeit vergeuden.

So fand man ihn kurze Zeit später am Bellevue, wenige Schritte vom Café entfernt. Philip stand am Brezelstand, benommen vom Gestank nach Fett, Salz und Natronlauge. Er sah, wie die Massen aus dem

Kaufhaus auf die Theaterstraße strömten. Er sah die Menschen, mit denen er die Stadt teilte, sah die Geschäftsherren mit den rasierten Wangen, die Sekretärinnen im frühen Feierabend, beladen mit Ramsch aus China, mit dem sie ihre Buden am Stadtrand ausstaffieren würden, sah die Seligkeit in ihren Gesichtern. Er roch die Halbwüchsigen, die nach Taurin und Sperma stanken, sah ihre hoffnungsfrohen Augen, betäubt von Illusionen – sie wussten nicht, dass sie längst in der Falle saßen, längst geknechtet von den Kreditverträgen. Und er sah eine pummelige Kassiererin in der Zigarettenpause, sah ihre talgige Haut und fühlte ihr unerfülltes Begehren, von dem sie nur ein schlecht manikürter Finger, ihr eigener, kurzzeitig erlösen würde; er sah, wie sie zwischen zwei Zügen verstohlen italienische Likörpralinen aus den Taschen ihrer Polyesterschürze stibitzte und in den Mund schob – um plötzlich, als sie den verbrannten Filter schmeckte, aus ihrem Tagtraum zu erwachen und ihn zu zertreten wie den Stummel ihrer aufgerauchten Zigarette.

Und in einem Pulk, den die Drehtür aus dem Warenhaus schaufelte, sah er auch ein Paar pflaumenblaue Ballerinas, zwei scheue Wiesel, verloren im Getrampel, in einer Stampede aus Halbschuhen und schweren Stiefeln. Mehr sah er nicht, die Frau, die sich einen Weg durch die Menge suchte, blieb unsichtbar. Philip drehte seinen Kopf, um mehr von ihr zu erkennen. Für einen Augenblick erschien ihre Gestalt, klein, zierlich, verletzlich. Er schätzte sie auf Mitte zwanzig. Ihr Gesicht konnte er nicht erkennen, doch schon da muss ihr Duft in seine Nase gestiegen sein, oder die Vorstellung ihres Duftes, Rosen oder Jasmin. Ihre Haare glänzten, ein Schimmer von Puder, Milch und Öl umgab sie. Sie gab ihrer Haut, wessen diese Haut bedurfte, nicht um zu gefallen, sie würdigte bloß ihren Körper, den sie grazil und leichtfüßig um die achtlosen Leiber bewegte. Und als sie sich aus dem Pulk gelöst hatte, meinte Philip eine Geste ihrer Hand oder ihres Kopfes zu erkennen, eine Bewegung, die ihn lockte, aufforderte, ihr zu folgen, was nichts als eine Illusion sein konnte, denn bestimmt hatte sie ihn nicht bemerkt. Doch für Philip bestand kein Zweifel: Sie meinte ihn, sie schickte ihm ein Zeichen. So löste er sich von seiner Säule und folgte der jungen Frau hinein in das Gewühl.

Es ist nicht bekannt, ob Philip schon früher aufs Geratewohl einem Mädchen auf seinen Streifzügen durch die Stadt gefolgt war, ob er bewusst und vorsätzlich diesem verbotenen Spiel nachging. Denn verboten war es, vielleicht nicht nach dem Gesetz, aber nach der guten Sitte. Selbst wenn die Frau nichts von ihrem Verfolger bemerkte, blieb es anrüchig, eine Belästigung, und wenn Philip seine Tat rechtfertigen wollte, musste er sich bald, bei der ersten Gelegenheit, zu erkennen geben. Im Schatten einer Frau zu bleiben, sie im Verborgenen zu studieren, ihren Körper, ihre Bewegungen zu betrachten, während sie ihre Besorgungen erledigte, sich an ihrer Arglosigkeit zu ergötzen war vielleicht reizvoll, aber es war verdorben und gehörte sich nicht.

Zu seiner Verteidigung mag man anführen, dass Philip, soviel bekannt ist, keine bösen Absichten hegte und sich bloß die Zeit vertreiben wollte, die nutzlose Stunde, die er totschlagen musste, weil dieser Hahnloser ihn versetzt hatte und es zu früh war, um bei Belinda aufzutauchen. Und abgesehen davon braucht jede Begegnung eine erste Missachtung der Linie, die der Anstand um jeden Menschen zieht. Wer nur küsst, nachdem er dazu aufgefordert wurde, und wer nur geküsst wird, nachdem er sein Einverständnis gegeben hat, der wird niemals küssen und niemals geküsst werden. Wer etwas von der Welt erfahren will, einen Zugang zu den verborgenen Geheimnissen gewinnen, der muss durch die Tür gehen, unaufgefordert, er kann nicht warten, bis er die Erlaubnis erhält. Keine Geschichte, schon gar keine Liebesgeschichte, kommt ohne Übertretung aus. Keine Eroberung ist erfolgreich ohne die Anmaßung. Falls Philip also diese Frau ansprechen wollte, was nicht sicher ist, dann musste er etwas tun, das zumindest zweifelhaft war.

Sicher ist hingegen, wie er sich von seiner Säule löste: ohne zu zögern, so plötzlich und unvermittelt, wie kleine Kinder eine Puppe fallen lassen. Nichts an ihnen, kein Muskel, keine Spannung verrät, dass sie im nächsten Augenblick die Hand öffnen werden, es gibt keine Vorwegnahme, keinen Gedanken vor der Bewegung – so löste sich Philip, so ließ er sich von diesen Ballerinas, von diesen Füßen mitziehen in den Strom, der sich hinunter zur Oper ergoss.

Sie verschwand in der Menge, die sich an der Ampel staute, und Philip stellte sich mit ihr ins Gedränge, als bei Grün die Schleuse geöffnet wurde und sich die Menschen in Bewegung setzten, hinaus auf die Fahrbahn. Von der anderen Seite kam ihnen eine Wand aus Leibern entgegen, Mann gegen Mann, niemand wich zur Seite, und weil das Mädchen in der vordersten Reihe keinen Brecher vor sich hatte, der ihr eine Schneise geschlagen hätte, wurde sie nach rechts abgedrängt, aus Philips Sichtfeld, und im nächsten Moment hatte er sie schon verloren.

Auf dem Platz gegenüber wühlte ein zerlumpter Typ mit Bart und John-Deere-Mütze im Müll, einer in Anzug und Krawatte verschlang vornübergebeugt, damit das Fett seine Kleidung nicht bekleckerte, im Stehen eine Pizza. Und hätte sich Philip nur einige Sekunden zum See oder zum Kiosk gewendet, nichts wäre geschehen, er hätte sich zurück in die kurz unterbrochene Folge seiner Verpflichtungen gefügt und die pflaumenblauen Schuhe und das Mädchen bald vergessen – aber da er sich für einen Augenblick in Richtung Westen drehte, aus Zufall wohl, fand er die Frau erneut, beim Trinkbrunnen am Rande der Verkehrsinsel, wo er sie überraschte, als sie sich über das Becken beugte, den Rücken ihm zugewandt, in einer Pose, deren Menschlichkeit ihn berührte und die deutlich machte, wie sehr sie die Welt für einen Moment vergessen hatte und nicht darauf achtete, wie sie wirken mochte. Gerne hätte Philip ihren Mund gesehen; er stellte sich vor, wie sie die Lippen in den Strahl hielt und wie ihr die Wassertropfen über Kinn und Hals liefen. Ihr Gesicht konnte er nicht sehen, er sah nur, wie sie mit der linken Hand eine Haarsträhne festhielt und davor bewahrte, in das Becken zu fallen, wie sie einen Fuß leicht auf die Zehen stellte und wie die Ferse aus dem Schuh rutschte – eine leicht gerötete Ferse, wie Philip bemerkte, mit einem hautfarbenen Pflaster, damit die Naht die zarte Haut nicht reizte.

Da erschrak er über drei Pieptöne aus seiner Jacketttasche. Es war Vera. Hahnloser habe sich verspätet, schrieb sie, er sei nun im Café und erwarte ihn. Und Philip, was tat er? Nichts. Er überging die Nachricht. Hahnloser konnte er auch nächste Woche treffen. Gewiss war diese Verspätung geplant, und Philip wollte ihm nicht das Gefühl geben, dass er am längeren Hebel saß. Jede Schwäche würde den Preis erhöhen. Und selbst wenn Hahnloser absprang und sich einen anderen Käufer suchte, wäre dies kein Unglück. Philip brauchte dieses Geschäft nicht, diesen abschüssigen Flecken am Rande einer Streusiedlung, wo man mit knapper Not eine Hütte für eine fünfköpfige Familie hinstellen konnte. Das war nur ein Zubrot, gemessen an Gran Canaria, wo er in achtundvierzig Stunden die letzten Einheiten verkaufen würde. Und Vera? Warum antwortete er ihr nicht? Weil er sie kannte. Bei Terminverschiebungen verlor sie regelmäßig die Ruhe. Er hätte einen Grund angeben müssen, weshalb er diesen Hahnloser sitzen ließ, Vera hätte auf der Stelle einen neuen Termin gesucht, den er hätte bestätigen müssen, er hätte sich in eine Kaskade von mindestens sieben Nachrichten verstrickt. Und dafür hatte er jetzt keine Zeit, jetzt musste er der Frau hinüber zur Brücke über die Flussmündung folgen.

Da er für sie ein Geschäft aufs Spiel setzte: Was wollte Philip von dieser Frau? Kannte er sie, oder meinte er sie zu kennen? Erinnerte sie ihn an jemanden von früher? Falls er sie nicht kannte: Mit welchen Absichten verfolgte er sie? Wollte er sie ansprechen? Zu welchem Zweck? Um mit ihr einen Kaffee zu trinken, brauchte er jemanden zum Reden? Oder suchte er ein Abenteuer? Gehörte er zu jenen Männern, die wahllos auf der Straße Frauen ansprechen und in ein Gespräch verwickeln? Gibt es diese Männer überhaupt, Männer jenseits der dreißig, die das tun? In billigen Romanzen bestimmt, aber in der Wirklichkeit? Und gibt es Frauen, die sich darauf einlassen? In Zügen, auf Flugreisen, an Orten, die man eine gewisse Zeit teilt, dort mag man mit einer Fremden eine Plauderei beginnen, die sich zu einer Affäre ausweiten kann. Aber mitten auf der Straße? Im Pendlerverkehr? An einem Dienstag, gegen fünf Uhr? Wer denkt da an eine Affäre? Wie groß sind die Chancen für einen durchschnittlichen Mann, hier eine Bekanntschaft zu machen? Und durchschnittlich war er, dieser Philip, jedenfalls ist über sein Aussehen nichts bekannt, was ihn für diese Aufgabe besonders qualifiziert hätte. Natürlich kann man es versuchen. Aber die Chancen, mit einem insolventen Malermeister ein Geschäft zu machen, liegen eindeutig höher. Von der Wahrscheinlichkeitsrechnung ließ sich Philip an jenem Abend jedoch nicht beirren. Er entschied sich für die Frau. Nicht für Hahnloser. Warum also? Was ließ ihn glauben, er könne bei ihr etwas erreichen, das dreißigtausend aufwiegen konnte?

Wenn es ihm darum gegangen wäre, auf der Stelle eine Frau zu besitzen, das heißt eine beliebige Frau, dann hätte er besser diesen Hahnloser getroffen, das Geschäft gemacht und sich mit dem Geld zwei Stunden eine gekauft. Ob man das verurteilt oder nicht, die käufliche Liebe war weit verbreitet, gerade in dieser Stadt, die dafür einen gewissen Ruf genoss. In den offiziellen Broschüren, die der Fremdenverkehrsverein publizierte und in Hotels und touristischen Sehenswürdigkeiten auslegen ließ, folgten hinter den Hinweisen auf die Kunstmuseen, die Kirchen, die Feinschmeckerlokale selbstverständlich die Bordelle. Vielleicht gehörte Philip zu den Männern, die durch einen gewerblichen Handel keine Befriedigung finden und nach tieferen Gefühlen suchen. Denn noch existierte der Glaube an die romantische Liebe, also jene Idee, nach der zwei Menschen füreinander geschaffen sein könnten, die Verbindung zwischen ihnen heilig sei und nur durch den Tod getrennt werde. Man las gelegentlich von Liebesmorden, von Tötungen aus Leidenschaft, von Eifersucht und Wahnsinn. Und hin und wieder gab es Menschen, die wegen einer Affäre in schwere Wasser gekommen waren, Opfer ihrer Obsessionen wurden, sich ausnehmen ließen, ausgenutzt wurden von jemandem, der Liebe heuchelte, bis die Gutgläubigen sich eines Morgens in Unterhosen in einer ausgeräumten Wohnung wiederfanden und feststellten, dass ihr Bankkonto geplündert war. Aber alles in allem hatte der Pragmatismus, der das Denken der Menschen beherrschte, auch die Liebe versachlicht. Gerade in der Mitte des Lebens, wenn Verpflichtungen und nicht mehr Träume den Alltag bestimmen, begnügte man sich mit den praktischen Vorteilen einer Paarbeziehung. Und trotzdem träumten die Menschen von einer tiefen Verbundenheit, von der Verschmelzung mit einer verwandten Seele. Das war die geheime Phantasie eines jeden, und gut möglich, dass auch in Philips Kopf diese Idee herumgeisterte.

Von Süden wehte eine Brise über das Seebecken und verfing sich in ihren Kleidern. Die Frau machte einen Schritt zur Seite, hob die Hand vor das Gesicht, als müsste sie einen imaginären Hut festhalten. Philip sah ihre schlanken Finger, ihre Handgelenke, sein Blick folgte der geschwungenen Linie bis hinunter zu den nackten Fesseln, geschmückt mit einem Goldkettchen. Sie trug leicht, leichter als die Passanten, die ihnen entgegenkamen, die von der Wärme überrascht wurden und in wollenen Mänteln steckten. Aber die Frau: Der Wind bauschte ihren Chiffonrock, an gewissen Stellen modellierte er ihre Rundungen, indem er die Bluse an den Rumpf, den Rock an die Beine presste. Als wollte der Wind ihre Formen aus der Luft schöpfen. Möwen schrien im Flug, und Philip roch den See, der in diesen Tagen aus der Winterstagnation erwachte. Ein Geruch von Tang und Schlick lag über dem Ufer. Die Wasser kamen in Bewegung, der Grund wollte ans Licht, und was an der Oberfläche war, musste in die Tiefe sinken. Und in diesen Geruch wob sich eine andere Witterung, süß, schwer, menschlich: Ihr folgte Philip.

Und als sie weiter gegen die Böe ankämpfte, die eine Sekunde später Philips Jackett zum Flattern brachte, fiel sein Blick auf die Uhr an der Schiffsstation. Er sah die Zeiger, aber etwas stimmte nicht. Nach einem Blick auf sein Handgelenk begriff er: Seine Tissot war stehengeblieben, erst vor wenigen Minuten wohl, tatsächlich war es nicht fünf Uhr, nein, es ging schon gegen halb sechs.

Lange habe ich mich gefragt, ob darin eine metaphysische Bedeutung zu finden sei, ob Philip aus der Zeit gefallen war und nicht mehr zu jenen gehörte, deren Existenz einer Chronologie folgt, eine Figur, die zwischen Vergangenheit und Zukunft wechselt, das Wesen einer anderen Dimension, ein Wiedergänger. Eine Zeitlang versuchte ich, die Geschichte auf diese Weise zu entschlüsseln, aber ich machte keine Fortschritte, denn natürlich war Philip ein Mensch und kein Ektoplasma aus Hollywood und auch kein Gespenst aus einer deutschen Novelle. Nein, Philip wurde bloß zum ersten Mal in dieser Geschichte ein Opfer der Elektrizität. Die Batterie seiner Uhr hatte den Geist aufgegeben, nichts weiter, an irgendeinem anderen Tag hätte dies geschehen können, es gab keinen Zusammenhang mit dem Mädchen, obwohl es sehr wohl Folgen hatte. Ihm blieben ein paar Minuten, bevor er umdrehen musste, um rechtzeitig bei Belinda zu sein. So wird er innerlich Abschied genommen haben, nicht von Belinda, sondern von diesem Mädchen, das von alledem nichts bemerkte und leichtfüßig seiner Wege ging.

Zufällig führt die Stadt Menschen zusammen, beliebig reißt sie die Paare wieder auseinander, dies geschieht in jedem Moment, und so groß die Wehmut, so bald kommt die nächste Gelegenheit. Die Karten würden neu gemischt, ein neues Glück würde verteilt werden. So sprach er stumm einige Worte des Lebewohls, denn jetzt hatten die beiden die Tafel erreicht, die das Ende der Brücke markierte und auf der die Stadt ihre Feiertage anzeigte, die Schützenfeste, Jahr- und Wochenmärkte. Einen Moment lang war nicht klar, welchen Weg sie einschlagen wollte. Philip wünschte sich, sie hätte sich nach rechts zum Stadthaus gewendet, den Fluss entlang. Dann hätte er einige letzte Schritte bei ihr bleiben, vielleicht einen Blick auf ihr Gesicht werfen können, um dann bei der Börse die Straßenbahn zu nehmen und endlich zu Belinda zu fahren, dasselbe, wenn sie geradeaus in die Anlage vor der Nationalbank träte, wo samstags die Trödler ihren Plunder verkauften. Jetzt stand sie verlassen da. Falls sie links zum Quai wechselte, müsste er sie ziehen lassen. Eine knappe Viertelstunde dahinter lagen die

Paläste der Versicherungsgesellschaften, aber wenn die ihr Ziel gewesen wären, hätte sie die Straßenbahn genommen. Sie spazierte nicht, sie schlenderte nicht, sie war zügig unterwegs. Sie hatte ein Geschäft zu erledigen. Oder sie fürchtete den nahen Abend: Noch brachten die Schatten die Winterkälte zurück.

Jetzt hatte sie den Brunnen erreicht, den steinernen Jungen, der über dem Becken einen Stier am Zügel führte. Philip folgte ihr unter die Kastanien. Im abnehmenden Licht des Märzabends warfen sie bizarre Schatten, in denen die Frau versank, wieder auftauchte, um gleich wieder, mit dem nächsten Schritt, von ihnen verschluckt zu werden. Sie verschwand aus seinem Blick, aber er konnte sie hören, ihre Armreifen, die aneinanderschlugen mit dem Klang von Altarschellen.

Der Pavillon, wo sie sommers Tango tanzen und Kinder im Dezember Kerzen ziehen, stand leer, bloß drei Penner ließen eine Flasche kreisen. Dahinter, auf dem Platz bei der Libanonzeder, stürzten Bengel einem Ball hinterher. Die Frau war ihnen nahe gekommen, es schien, als zögerte sie, auf welcher Seite sie die Jungs umgehen sollte. Einer stürmte auf sie zu, sie wich aus, machte zwei Schritte zur Seite, bis sie wieder genügend Abstand hielt, und blieb unvermittelt stehen. Philip waren die Bengel nicht geheuer. Sie hatten ihn längst in den Blick genommen und äugten herüber, glotzten frech und unverschämt. Halbwüchsige riechen jede Blöße auf hundert Meter, und Philip hatte sich vorzusehen. Er machte ein paar Schritte zurück und griff aus Verlegenheit das Telefon und sah, dass in der Zwischenzeit Belinda angerufen hatte. Es war kurz vor sechs. Der Akku war bei zweiunddreißig Prozent. Immerhin ließen die Bengel von ihm ab und wandten sich wieder dem Ball zu. Das Mädchen stand in einem Streifen Sonnenlicht, der durch die Äste fiel. Im Gegenlicht entzündeten sich ihre Haare, ein Strahlenkranz hob ihre Umrisse aus dem Dunkel, ein Schattenriss in einer hellen Korona, eine betörende Komposition, ein Geschenk für jeden, der Augen dafür hatte. Doch Philip fand sich mit einem Mal lächerlich, lächerlich auch das Mädchen, als wähnte es sich betrachtet und bewundert, als zöge es Blicke auf sich, als stünde es im Zentrum des Universums und wisse darum. Sie machte keine Anstalten, weiterzugehen, versperrte den Durchgang hinaus auf die Bahnhofstraße, und weil er das Spielfeld nicht betreten wollte, blieb er ebenfalls stehen.

Hatte sie den Weg gemacht, um sich ins letzte Sonnenlicht des Tages zu stellen? Nein, sie musste ein Ziel haben, aber welches? Wollte sie zur Konditorei? Traf sie jemanden? Einen Jungen vielleicht? Und was trug sie da an der Schulter? Eine winzige Tasche, in die nichts als eine Börse passte, dazu ein Telefon, ein

Notizbuch. Jetzt drehte sie die Handflächen in die Sonne, atmete ein, atmete aus, und es war der Schrei eines Kindes, der sie aus ihrer Andacht riss. Ein Junge war hingefallen und hielt sich das blutende Knie. Philip dachte, sie könnte dem Bengel zu Hilfe eilen, aber da war er schon aufgestanden und rannte wieder stumpfsinnig seinem Ball hinterher.

Nun ging sie weiter und trat durch die Buchsbäume aus der Anlage. Philip beobachtete sie aus einer guten Distanz, weit genug, um sich unauffällig abzuwenden, falls sie sich umdrehen sollte; nahe genug, damit er sie ein letztes Mal studieren konnte, ihre Bewegungen, den Hals, die Hüfte, die Beine. Sie war schön, aber noch schöner, weil er sie hatte ziehen lassen. Das Band war gelöst, in Gedanken war Philip schon auf dem Weg zu Belinda und hielt Ausschau, ob sich nicht eine Straßenbahn näherte, in die er springen konnte, aber was nun folgte, sollte Philip in den nächsten Stunden beschäftigen.

Wie oft, wenn etwas vorbei zu sein scheint, beginnt es erst richtig, denn nun hatte die Frau ihren Verfolger entdeckt, jedenfalls machte sie ein paar verschreckte Schritte, sprang plötzlich und überstürzt auf die Bahnhofstraße, überquerte die Fahrbahn und flüchtete, ohne sich umzusehen, ins nächste Ladenlokal. Es war das Eckhaus neben dem Denkmal für einen längst vergessenen Dichter, und dort befand sich die Dependance des königlich-dänischen Hoflieferanten Bang, Kürschner des Krönungsmantels Friedrichs des Vierten, vollendet zur Zeremonie auf Schloss Frederiksborg im Jahre 1815 und seit diesem Tage berühmt für die edelsten Häute des Okzidents. In dieses Geschäft flüchtete das Mädchen, trat hinein in das Interieur aus Rauchglas und Messing. Offensichtlich, dass sie dort nichts zu erledigen hatte, schließlich kosteten die Pelze ein Vermögen, das er ihr nicht zutraute. Sie suchte Schutz vor ihrem Verfolger. Philip, wie vom Donner gerührt, fühlte sich ertappt und missverstanden. Er muss gewusst haben, wie wenig es die Mädchen in dieser Stadt mögen, wenn Burschen aufdringlich werden. Gewiss hatte er sie nicht erschrecken wollen, und es war kein Verbrechen, verzaubert zu werden. Er hatte ihre Anmut bewundert, und statt sich zu fürchten, hätte sie sich geschmeichelt fühlen können. Aber sie suchte Schutz vor ihm, der keine Bedrohung war, und Philip, halb aus Fürsorge, halb aus Kränkung, wollte das Missverständnis aufklären, in den Laden gehen und sie zur Rede stellen. Rechtfertigen würde er sich nicht, beruhigen wollte er sie und vielleicht, falls es sich ergeben würde, zu einem Kaffee einladen. Den Korb würde er verkraften, keine Frage. Als er sich ein Herz gefasst hatte, sah er durch die Schaufenster, wie das Mädchen zur Ladentheke ging.

Ein dürrer, ernster Mann erschien. Er trug einen fahlen Anzug und eine Bestürzung in den Augen, als hätte er den Tod eines jeden Tieres gesehen, dessen Pelz hier am Bügel hing, als wäre er dabei gewesen, als man den Platinfüchsen, den Kolinskys das Fell über die Ohren zog und den Karakulschafen die Lämmer aus dem Bauch schnitt. Diesem Gespenst reichte die Frau zu Philips größtem Erstaunen einen Zettel, woraufhin es verschwand und sie im Laden zurückließ, alleine. Kaum war der Mann verschwunden, drehte sich die Frau weg und schlenderte durch die Auslage, zwischen den Puppen hindurch, bis sie vor einem roten Zobel stehen blieb. Philip sah, wie sie einen Moment zögerte, ihre Hand ausstreckte und auf der Höhe des Kragens in den Pelz fasste. Ihre Hand fuhr am Saum entlang und glitt auf Gürtelhöhe zur linken Tasche, wo vier Finger in den Balg tauchten. Dort blieben sie. Nur ein Daumen schaute heraus, und Philip glaubte, das Mädchen werde den Mantel gleich an sich ziehen, zu einem Tanz, zu einer Umarmung, aber da erschien das Gespenst wieder und legte eine Plastikhülle an einem Bügel auf den Ladentisch. Die Frau, überrascht, ließ ab von ihrem Zobel und trat zur Theke. Das Gespenst schob eine Rechnung hinüber, sie steckte die Karte in das Lesegerät, der Mann nahm den Mantel und begleitete sie zum Ausgang.

Es ist nicht eindeutig zu sagen, was in diesem Moment durch Philips Kopf ging, aber es werden ähnliche Phantasmen gewesen sein, die eine Mehrheit der männlichen Bevölkerung behelligten. Unter dem Einfluss der österreichischen Novellistik in der Zeit der Doppelmonarchie gab es hundertvierzig Jahre später, in den Tagen Philips, eine lebendige Verbindung zwischen dem Pelz und dem Flagellantismus, der Praktik also, bei der sich ein Mann durch körperliche Züchtigung, mittels einer Peitsche, einer Rute oder durch die bloße Hand einer Frau Wollust verschafft. Diese Praktik war nicht vollständig verschwunden, obwohl die Erinnerung daran schwächer wurde und allmählich verblasste. Waren noch zwanzig, dreißig Jahre zuvor, in Philips Kindheitstagen, Bilder von strengen Gebieterinnen, die in hochhackigen Schuhen, in Pelz oder Leder ihre maskierten Diener als Hunde an der Leine führten, nicht alltäglich, aber verbreitet, so war die Erotik im zweiten Jahrzehnt des einundzwanzigsten Jahrhunderts auf andere Stereotype verfallen. Natürlich gab es weiterhin Männer, die ihre Lust in der Unterwerfung fanden. Die entsprechenden Dienstleistungen wurden weiter angeboten und, wie man allgemein annahm, vor allem von Männern in gehobener Position in Anspruch genommen, die sich in einem mittelalterlichen Folterkellern nachempfundenen Studio gegen ein ansehnliches Honorar von einer Dame Bananenklemmen an die Brustwarzen heften und sich durch Schmähungen und Beleidigungen vom täglichen Druck der Verantwortung für ihre Mitarbeiter entspannen ließen. Doch das waren besondere Angebote für Männer in besonderen Positionen, keine allgemeinen Neurosen. Andere bevölkerten nun die Hirne der Zeitgenossen, unter anderem die Geschmeidigkeit, besonders des weiblichen Körpers. Manchmal hörte Philip in seinem Büro, wie Vera, seine einzige Mitarbeiterin, in ihrer Pause, die sie mit dem Verzehr von klein geschnittenem Stangensellerie einleitete, die himmelblaue Schaumstoffmatte ausrollte und sich durch die Übungen einer fernöstlichen Religion ertüchtigte. Dann kreuzten jene kurzen Filme seine Gedanken, die man auf den einschlägigen Portalen in der Kategoriensuche zwischen Fellatio und Funny eingereiht fand. In denen wurde ein Mädchen, meistens russischer Herkunft, das durch Begabung und Übung eine große Biegsamkeit erlangt hatte, von einem auffällig sorglos gekleideten Mann aus einem Koffer entfaltet und anschließend in jede Körperöffnung penetriert, bevor er seine so genannte Flexible Doll bis zur nächsten Verwendung zurück in ihr Behältnis packte. Die Fähigkeit, die sich diese jungen Damen in der traditionsreichen Schule der russischen Artistik angeeignet hatten, mussten sie wegen nachlassenden Interesses an zirzensischen Attraktionen in abgewandelter Form in häufiger nachgefragten Zusammenhängen anbieten. Es zeugte von Anpassungswillen, nicht nur gestauchte Organe und verbogene Wirbelsäulen, sondern zusätzlich ein dreißig Zentimeter langes Glied im Enddarm mit Gleichmut und stoischem Gesicht hinzunehmen, und diese Beweglichkeit war auch in anderen Lebenslagen hilfreich und angesehen. Was von einem Pelz nicht gesagt werden konnte, im Gegenteil. Der gesellschaftliche Fortschritt, gerade auch in ethischen Fragen, hatte zur Ächtung dieses Materials geführt. Die Tierschutzorganisationen hörten nicht auf, durch heimlich aufgenommene Zeugnisse die Öffentlichkeit über die schändlichen Zustände in den Pelzfarmen zu informieren. Die Kreaturen hielt man in winzigen Käfigen gefangen, kaum größer als ein Blatt Papier, Nerze zum Beispiel, von Natur aus agil und wendig, wurden zu einer lebenslangen Kerkerhaft gezwungen, Marderhunde bei lebendigem Leibe gehäutet. Fernsehberichte und Zeitungsartikel machten das bekannt. Wahrscheinlich wusste Philip von diesen Vorgängen – und trotzdem ist nicht mit Sicherheit zu sagen, was er empfand, als er diese Frau mit einem Pelz das Geschäft verlassen sah, ob und in welcher Weise seine erotischen Phantasien angesprochen wurden. Bestimmt unterstellte er der Frau Rücksichtslosigkeit, denn von einem praktischen Gesichtspunkt aus gesehen waren Pelze in dieser Weltregion ganz und gar überflüssig, zumal die Temperaturen mit jedem Jahr stiegen und die Modeindustrie Textilien entwickelt hatte, die Naturpelzen überlegen und preisgünstiger waren. Außer der Optik gab es keinen Grund, sich für Pelz zu entscheiden, und es ist denkbar, dass Philip der Egoismus, die Werte der Moral jenen der sexuellen Anziehung hintanzustellen, begeisterte. Die Grausamkeit einer jungen Frau, die andere Möglichkeiten besaß, ihre Vorzüge ins rechte Licht zu rücken, mochte ihn gleichzeitig erregen, gerade diese Frau, die vordergründig nicht den Anschein machte, ruchlos und verdorben zu sein, nein, sie verströmte eine Unschuld, höchstens das goldene Kettchen um ihr Fußgelenk ließ auf eine gewisse Frivolität schließen. Aber alles in allem passte der Pelz nicht zu ihr. Man hätte sich eine Verwandlung vorstellen müssen, eine Gelegenheit, bei der dieser Pelz zu einem Kostüm wurde, in einem Varieté, auf einer Bühne, aber irgendwie mochte Philip nicht an solch einen Auftritt glauben. Ihr Gesicht konnte er weiterhin nicht erkennen, jetzt, weil sie die Hülle, damit sie nicht am Boden schleifte, hoch über den Kopf halten musste. Und deshalb verfiel er auf den Gedanken, sie könnte älter sein, als er vermutet hatte. Mädchenhaft war vielleicht nur der Körper, das Gesicht aber zerfurcht und runzelig? So hätte er sich einen Pelz an ihr vorstellen können. Vielleicht gehörte ihr der Mantel gar nicht. Vielleicht war sie die Angestellte eines

Hotels und erledigte für ihre reichen Gäste Besorgungen. Die Servilität, die er meinte ausgemacht zu haben, sprach dafür. Allerdings hatte sie mit ihrer Karte bezahlt – nein, er hatte bloß gesehen, dass sie mit einer Karte bezahlt hatte, ob es ihre eigene war, blieb ungesichert. Es konnte die Karte des Hotels sein, möglich, aber unwahrscheinlich. Bestimmt hätte Bang eine Rechnung geschrieben. War es die Karte der Person, der dieser Pelz gehörte? Noch unwahrscheinlicher. Welcher Hotelgast überlässt einer Bediensteten die Verfügungsgewalt über sein Konto?

Was Philip auch durch den Kopf ging, es muss dazu geführt haben, dass er mehr über diese Frau erfahren, mindestens ihr Gesicht sehen wollte, in dem ihr Charakter zu finden war, und obwohl er es sich nicht vorstellen konnte, war es denkbar, dass die Bescheidenheit und das gepflegte Äußere keine Entsprechung in ihrem Gesicht fanden; vielleicht blickten die Augen primitiv und der Mund war vulgär. Jedenfalls entschloss er sich, bei ihr zu bleiben, und dass er unabweislich zu spät bei Belinda erscheinen würde, die unangenehmen Folgen, die das haben würde, nahm er in Kauf.

So stiegen sie in die nächste Straßenbahn, die Richtung Bahnhof fuhr, die Frau, der Pelz und Philip. Der Wagen war besetzt mit Bankangestellten am Feierabend, von Sekretärinnen, die die Zeit bis Ladenschluss nutzten, um ihre Besorgungen zu erledigen. Ostern war über einen Monat entfernt, und schon ragten Hasenohren aus den Einkaufstaschen, in der Luft hing ein Geruch von Schokolade. Durch den Lautsprecher kam eine Durchsage, irgendein Unfall draußen in der Vorstadt, wahrscheinlich hatte ein Kerl, der neu in der Stadt war, die dreißig Tonnen unterschätzt, mit denen die Bahn durch die Straßen pflügte. Die Frau stellte sich vorne in den Wagen, hängte den Bügel an die Haltestange. Er hielt Abstand. Zwischen ihnen ein halbes Dutzend Fahrgäste. Er blieb, wo er war, es reichte ihm, sie im Blick zu haben. Wohin war sie unterwegs? Was wollte sie mit dem Pelz? Jetzt, im Frühling? War sie eine Au-pair, aus dem Osten vielleicht? Ihre Richtung widersprach dieser Vermutung. Sie fuhr zum Bahnhof, und die guten Viertel lagen südlich am See.

Drei Stationen später stieg sie aus, danach zweihundert Meter Fußmarsch durch die Menschenmenge. Trotz der Last bewegte sie sich flink, schlug scharfe Haken, wedelte durch die Menge, bremste, zog wieder an. Sie machte es ihm nicht leicht, aber Philip fand Gefallen an ihr, an ihrer Wendigkeit, an den präzisen Manövern. Sie nahm die Rolltreppe hinunter in die Ladenpassage, wo es feucht war und kühl, querte zügig die Halle, stach in den Verbindungstunnel, ging an den Aufzügen vorbei, weiter Richtung

Nationalmuseum. In einer einzigen fließenden Bewegung, ohne abgebremst zu werden, umkurvte sie die Passanten in knappen Bögen, und er, hinter ihr, hatte Mühe, ihr auf den Fersen zu bleiben – jetzt begriff er, wohin sie wollte, einen weiteren Stock tiefer, zu den Vorortzügen. Das gefiel ihm nicht, ganz und gar nicht, doch da war sie schon beim Abgang, und Philip fühlte den kalten Atem der alten Jahreszeit, die noch in der Tiefe hockte. Wenn sie den Zug nehmen würde, konnte er ihr nicht folgen, und wahrscheinlich wird Philip sich das gewünscht haben. Das Spiel dauerte schon ein bisschen zu lange, und wenn er von ihr abließ, dann könnte er die Verspätung bei Belinda mit einigen entschuldigenden Worten rechtfertigen. Eine kleine Enttäuschung, nichts weiter, er würde abends einen Gedanken an die Frau mit dem Pelz verlieren, wer sie gewesen sein mochte, wann sie den Pelz anziehen würde, doch am nächsten Morgen hätte er sie vergessen. Und tatsächlich fuhr sie hinab zu den Gleisen, und weil Philip dachte, er könne noch erfahren, in welchen Zug sie stieg, um einen Hinweis auf ihr Ziel zu bekommen, betrat er hinter ihr die Rolltreppe. So viel Zeit blieb. Und falls der Zug noch nicht eingefahren war und er den Mut aufbringen würde, könnte er sie ansprechen und in ein kurzes Gespräch verwickeln.

Wahrscheinlich ging er die Möglichkeiten durch, wie er sie ansprechen, mit welchen Worten er die

Unterhaltung eröffnen müsste, um sie nicht zu verschrecken. Vielleicht dachte er daran, sie zu einem Kaffee einzuladen, obwohl es für Kaffee die falsche Tageszeit war. Und es muss ihm klar gewesen sein, wie wenig Lust er auf eine matte halbe Stunde in einem der Bahnhofslokale hatte. Was hätten sie sich auch zu sagen gehabt. Er würde seinen Kopf bei Belinda haben, bei seiner Verspätung, die ihm unangenehm bewusst wurde. Belinda achtete auf Pünktlichkeit, als müsste sie die hiesigen Gebräuche peinlich genau erfüllen, wegen ihrer mexikanischen Herkunft wirkte das übertrieben. Sie war ein spätes Opfer der Chicago Boys und des Washingtoner Consensus. Während der Tequila-Krise hatte sie ihre Heimat Guadalajara verlassen und war nach einer Odyssee durch neun oder zehn Länder in dieser Stadt gestrandet. Sie hatte ein Schild an der Garderobe angebracht, das in fehlerhafter Grammatik mahnte, auf keinen Fall nach achtzehn Uhr zu erscheinen. Doch der Zug war eingefahren, die meisten Pendler waren eingestiegen. Die Türen standen offen, und auf der Treppe grinste ein Kerl mit einem Quadratschädel in ihre Richtung, und das Mädchen mit dem Pelz, mehr aus Höflichkeit als aus Zeitnot, rannte ein paar Schritte, stieg in den Zug, und Philip, hinter ihr, ohne zu zögern, als folgte er nur seinen Füßen, stieg ebenfalls ein.

Lange stand dieser Zug auf dem Gleis und fuhr nicht ab, den ganzen Frühling bis weit in den Sommer. Bevor ich verstand, was Philip in jenem Moment trieb, konnte ich ihn nicht gehen lassen. Er brachte sich in Schwierigkeiten, handelte gegen sich selbst, gegen seine Interessen, gegen alles, was er in den letzten Jahren aufgebaut hatte. Vielleicht war er blind und ahnte nicht, was mit ihm passieren würde. Aber bereits die Schwierigkeiten, die er sich an jenem Abend einhandelte, weil er nicht bei Belinda erschien, waren schwerwiegend genug und nicht zu rechtfertigen. Und weswegen? Wegen dieser Frau? Was hatte er in ihr gesehen? War es mehr als ein Spiel an einem lauen Frühlingsabend? Wollte er ausbrechen aus seiner Existenz, war er seines Lebens überdrüssig? Und stieg vielleicht eine Wut in ihm hoch, ein Zorn, der ihm unbekannt gewesen war, aber jetzt seinen Magen umdrehte, als müsste etwas gegen die Welt revoltieren, die ihn von seiner Spur abhalten wollte, seiner Fährte, die er aufgenommen hatte? War das auch der Grund gewesen, weshalb er Hahnloser sitzengelassen hatte, diesen Mann mit jenem verschlagenen Grinsen, das Philip im Gesicht eines jeden gesehen hatte, der ein Grundstück verkaufen wollte? War ihm bewusst geworden, wie sinnlos es war, ein paar zehntausend zu realisieren, die wenige Wochen später verbrannt sein würden, vernichtet im Feuerofen seiner familiären

Altlasten, aufgegangen in der Miete für sein Büro, drei muffige Zimmer im ersten Stock einer Geschäftsliegenschaft in der Nähe des Stadions; verpulvert für seine Angestellte, eine alleinstehende Deutsche aus Bremerhaven, für den Lebensunterhalt einer Frau, die von niemandem erwartet wurde, ausgenommen ein jung gebliebener Gebäudetechniker mit Pferdeschwanz und Cowboystiefeln, der sie freitagabends mit dem Motorrad von der Arbeit abholte, auf die Jakobshöhe und in das Fischrestaurant beim Seedamm führte, um später, in Veras Studio, das nach einem Potpourri von Birkenblättern und Orangenschalen roch, vor dem Flachbildschirm auf dem Bettsofa, das sie behände in der Zeit ausklappte, in der er sich auf dem Klo die Haare löste und mit Zahnpasta den Mund spülte, seinen Lohn für die Schmeicheleien und die übernommene Rechnung zu kassieren: zwei von einer gekühlten Flasche spanischen Schaumweins beduselte Stunden zwischen den Beinen einer kinderlosen Sekretärin auf der falschen Seite der fünfzig.

Philip, so nahm ich an, hatte einen Anfall von Überdruss, wie ihn jeder Mensch kennt, der sich von seinem Alltag gefesselt fühlt und in öden Stunden von einer Flucht träumt. Auch Philip trotzte gelegentlich und trotzte auch jetzt, und ich gestehe, dass ich sein Schmollen lächerlich fand, dieses Wechselspiel aus

Konformismus und Trotzphase, ein unreifes, kindisches Verhalten, populär in allerlei Schmonzetten, die in jenen Tagen erschienen. Halbsüße Romane über Männer im besten Alter, die eines Tages mir nichts, dir nichts Frau und Kinder verließen und sich für ein flüchtiges Abenteuer aus dem Leben schlichen. Für mich waren diese Kerle keine Helden, ich fand ihr Verhalten lächerlich, verwöhnt, und jeder, der mit diesen faden Träumen sein Geschäft betrieb, war ein Lump. Ich konnte in Philips Sehnsucht nichts erkennen als Kitsch, das Gegenstück zu jener Ohnmacht, die viele in einem wirtschaftlichen und politischen System empfinden, das sie an einem bestimmten Platz festzurrt. Und anstatt etwas gegen diese Ordnung zu unternehmen, phantasierte er sich einen Ausbruch, eine kitschige Sehnsucht, die durch die Weltlage nur noch feiger wurde. Überall brannte es. Auf der Krim, südlich von Simferopol, sammelten sich in jenen Stunden russische Truppen und besetzten das Territorium einer unabhängigen Nation, und nicht nur weil der Machthaber im Kreml im Februar Olympische Spiele zu seinen Ehren hatte ausrichten lassen, sprach man von einer Situation wie im Jahre 1938, als Hitler das Sudetenland besetzte. Jeder musste wissen, was danach geschehen war, in welches Schlachthaus dieser Mensch den Kontinent verwandelt hatte. Das war unsere Situation. Wie konnte sich Philip da seinen wohlfeilen Tagträumen ergeben?

Ich wandte mich wichtigeren Dingen zu, fand mich damit ab, dass ich ein Geheimnis vermutet hatte, wo nichts als kleinbürgerliche Sentimentalität zu finden war. Philip war bloß ein weiterer dieser feigen Endvierziger, wie es so viele gab, die einem bei jeder Gelegenheit ihr Leid klagten. Aber ich wollte ihm eine Chance geben. Nach ein paar Tagen würde er genug haben, aus diesem Zug aussteigen, sich wieder seinem Leben stellen und aufhören, ein Schicksal zu verlangen, das ihm nicht zustand. Derweil hatte ich anderes zu tun, als mich mit einem Fluchtversuch eines Liegenschaftsentwicklers auseinanderzusetzen, und fuhr nach Venedig, um mich zu entspannen. Unglücklicherweise führte mich ein Spaziergang in die Giardini und ins Arsenale, mitten in die Architektur-Biennale, die in jenem Jahr von einem holländischen Baumeister eingerichtet wurde. Man besichtigte das vergangene Jahrhundert, studierte die Fundamente der Moderne, die Ikonen des europäischen Films aus den fünfziger und sechziger Jahren zum Beispiel, von Regisseuren wie Godard, Antonioni oder Rossellini, bewunderte die Eleganz der Stars aus jener Epoche, die Bergmans und Bardots, sinnlich und widerspenstig. Sie hatten an eine Avantgarde geglaubt, die Welt stand ihnen offen, der Fortschritt war ein Verbündeter. Ich besichtigte Überreste unserer Kultur, den ehemaligen Kanzlerbungalow in Bonn, den sozialen Wohnungsbau in den

Pariser Banlieues, und über allem lag Wehmut und die Frage, warum es der heutigen Generation an dieser Kraft, diesem Geist fehlte, am Willen, voranzuschreiten, neue Formen zu entdecken. Die Neugier war verflogen, das venezianische Lebensgefühl, die Morbidität, schien sich auf die gesamte europäische Befindlichkeit ausgebreitet zu haben, und sosehr mir diese Haltung entsprach, als Lebensgefühl musste sie den Künstlern und Bohemiens vorbehalten bleiben. Abends fand ich das Hotel Gabrielli, in dem ich abgestiegen und das mir ein Anker der europäischen Kultur und Geschichte gewesen war, abgetakelt und moribund. Wenn ich mich auf einen der Sessel setzte, stiegen Staubwolken auf, das Geschwisterpaar, dem das Hotel in der weiß Gott wievielten Generation gehörte, stritt sich in der Küche. Das Museum einer untergehenden Kultur, grenzenlos unglücklich und traurig, dass es fast überlief. Niedergeschlagen und von den Ausdünstungen der Lagune vergiftet, floh ich an einem frühen Morgen aus der Stadt und kehrte nach Hause zurück.

Doch dort ließ mich Philip nicht in Ruhe. Er hatte kein Einsehen und saß weiterhin in seinem Vorortzug. Seiner Starrköpfigkeit überdrüssig, schrie ich ihm zu, er solle sich zusammenreißen und endlich zu Belinda gehen und danach, meinetwegen, sein Leben ändern, Vera entlassen, das Geschäft und den BMW verkaufen und seine Talente einer Sache widmen, die größer war als dieses billige Abenteuer. Wir wussten beide, wie diese Eskapade enden musste. Aber der Kerl hatte einen dickeren Schädel, als ich angenommen hatte. Rührte sich nicht, regte sich nicht. Ich hätte ihn in Ruhe lassen können in seinem Bahnwaggon, aber etwas führte mich zu ihm zurück, zu diesem kalten, zugigen Wind, der über den Bahnsteig wehte. Vielleicht wollte mir seine Geschichte etwas sagen, mich an etwas erinnern, das ich nicht hätte vergessen dürfen. Bloß hatte ich keine Ahnung, was das hätte sein können, welche Lehre ich aus der Geschichte hätte ziehen sollen. Seine Person schien mir zu uninteressant, genauso wie sie, diese Frau, diese Unbekannte, die ihn verzaubert hatte. Hatte Philip eine Nachricht? Was wollte er mir sagen? Welchem Geheimnis war er auf der Spur? Hatte er etwas gefunden, von dem ich keine Ahnung hatte, dass ich es vermisste? Die Weltlage war trostlos, aber mein Leben war in Ordnung, glaubte ich wenigstens, es gab nichts, was ich vermisste, glaubte ich wenigstens, ich war frei von Wünschen, und ich hielt das für einen Segen. Aber er? Konnte er das auch sagen? Was suchte er? Und war er von allem Anfang an verloren gewesen, mit dem ersten Blick auf ihre zarten Fesseln, auf den nackten Rist? Vielleicht hatte dieser Anblick etwas in ihm befreit, eine Erinnerung wachgerufen, vielleicht hatte er früher einmal, weiß Gott wo, ein solches Paar Füße in einem solchen Paar Schuhe gesehen – als junger Mann, in seiner Kindheit oder in einem Traum. So wie ich einmal, als ich an einem üblen Heuschnupfen litt, nachmittags in einen schweren Schlaf gefallen war. Dort erschien mir eine Frau, das heißt, nur ihr Rücken, eine sonnengebräunte Kurve, an deren tiefster Stelle ein goldenes Quadrat in die Haut geflochten war, ein Flechtmuster aus Bast, nahtlos verbunden mit der Haut dieser Frau, in deren Nacktheit ein wenig Haar über die Schultern hinab in den Rücken fiel. Betört und trunken erwachte ich in meinem Zimmer, vor dem Fenster eine grüne Wand aus Laub voller Licht, und obwohl ich erfüllt war von ihr, war sie nicht da, keine Spur von ihr oder ihrem Rücken. Noch heute empfinde ich diesen Verlust, nicht jeden Tag, aber wenn ich will, kann ich zu diesem Gefühl zurückkehren. Und erschiene mir dieses Bastgeflecht in der Wirklichkeit, an einem Strand vielleicht, in einem Urlaub, in der Hitze eines Nachmittags oder in der abendlichen Kühle eines mondänen Empfangs, auf einer Veranda, wenn weitgeschnittene Kleider die Haut bis hinunter ins Kreuz sehen lassen – ich weiß nicht, was aufzugeben ich bereit wäre, was ich verlassen und opfern würde, um endlich das Geheimnis meines Traums zu lüften.

Vielleicht, ich gebe es zu, hatte ich auch den Wunsch, Philip seinem Schicksal zu überlassen, zu verfolgen, wie er vor die Hunde ging. Aber vielleicht war ich zu pessimistisch. Warum sollte die Geschichte kein gutes Ende nehmen? Vielleicht lag das Problem bei mir, vielleicht fehlte mir die Vorstellung oder der Glaube an die glückliche Liebe. Es schien mir unmöglich, dass er von diesem Mädchen gerettet wurde. Gerettet wovor? Was konnte an seinem Leben so schrecklich sein, oder anders gefragt, worin bestand die Verheißung? Es war ein gewöhnliches Mädchen, nichts weiter, es gab Tausende von ihnen. Er hätte sich eine Frau suchen und gleichzeitig an seinem Leben festhalten können. Warum sollte er die Liebe, die er brauchte, nicht bekommen können? Eine Liebesnacht? Aber deswegen sein Leben in Trümmer legen, zurücklassen, was man liebte und dessen man bedurfte? Welcher Zeit, welchem Jahrhundert war dieser Philip entstiegen, welcher Vorstellung über das Begehren hing er nach? Doch meine Einwände helfen nichts. Philip würde bis ans Ende der Tage in dieser Bahn sitzen bleiben. Störrisch und sentimental. Sollte er seinen Willen haben. Ich gab auf und ließ ihn ziehen.

Drei Hornstöße erklingen, die Türen schließen sich, einen Augenblick herrscht vollkommene Ruhe, jemand schnäuzt sich, ein leises Pfeifen, als würde sich das Material freuen, endlich in Bewegung zu kommen. Und der Zug fährt ab.

Im selben Augenblick beginnen die Probleme. Seit einer Weile hat er das Gefühl, er werde beobachtet. Jemand starrt ihn an, und er entdeckt ein Auge, das auf ihn gerichtet ist, ein einzelnes, zyklopisch, tot, die Pupille in der Form einer Spirale, schwarz, auf gelbem Grund. Das Auge mahnt zur Selbstkontrolle. Jeder, der diesen Wagen besteigt, muss im Besitz eines gültigen Fahrscheins oder einer Dauerkarte sein. Man droht mit Bußgeld, im Wiederholungsfall mit Strafanzeige. Das Letztere betrifft ihn nicht. Er fährt ungern mit öffentlichen Verkehrsmitteln. Hat das nicht gelernt. Bevorzugt seinen Wagen. Wie groß ist die Wahrscheinlichkeit einer Kontrolle? Er hat keinen Schimmer. Er weiß nicht einmal, wohin er fährt. Bis zur nächsten Station oder bis zur Endhaltestelle an der deutschen Grenze? Wie lange dauert das? Anderthalb Stunden. Hat er nicht gehört oder gelesen, beständiges Schwarzfahren lohne sich? Das lässt auf eine niedrige Frequenz schließen. Und wenn schon. Zahlt er eben. Das kratzt ihn nicht. Er sollte sich entspannen, durchatmen. Und sich auf seine Aufgabe konzentrieren.

Noch fährt der Zug durch einen Tunnel. Das Abteil spiegelt sich im Fenster, die verdoppelte Anzahl Sitze, eine verdoppelte Anzahl Menschen. Die eine Hälfte sitzt ruhig, die andere im Glas zittert nervös, und dann geht es hinaus in das Umland, in eine Landschaft aus Bauprofilen, Autobahnauffahrten und Schrebergärten, die allmählich in der Dunkelheit versinken.

An der nächsten Station steigt eine Mutter mit zwei halbwüchsigen Töchtern zu. Sie bringen eine tropische Brise mit, eine künstliche tropische Brise, wie man sie dem Weichspüler beigibt, den man in Kanistern zu zwei Liter verkauft. Drei Garnituren Unterwäsche, drei Paar Socken, drei Paar Hosen, drei Pullover aromatisieren das Abteil, die knappe Luft, schlecht zirkuliert, ist im Nu gesättigt mit Pfirsich und Papaya, und während die Gören frech aus ihren Locken blicken und er erwägt, das Abteil zu wechseln, bemerkt er es. Sie fehlt. Sie ist nicht da. Ihr Pelz ist nicht mehr da.

Gerade eben saß sie noch ihm zugewandt, das Gesicht von der Sitzreihe verdeckt. Er hat nur ihre untere Hälfte gesehen; mit einem Fuß ist sie aus dem Ballerina geschlüpft und hat ihn auf den anderen gestellt, über dessen Rist sie jetzt mit ihren Zehen fuhr. Es schien sie zu jucken, einen Augenblick sah er die fünf Zwerge mit den blutroten Zipfelmützen, niedlich und scheu, denn als ob sie seinen Blick gespürt hätten, schlüpften sie hastig zurück in ihr pflaumenblaues Häuschen. Wie lange ist das her? Hat er geschlafen? Geträumt?

Er springt auf, stürzt durch den Gang zur Plattform, wo sie nicht ist, und sie ist auch nicht auf der oberen Ebene, jedenfalls kann er sie von der Treppe aus nicht sehen. Und so steigt er hoch, geht durch die Reihen, schaut nach links, schaut nach rechts, nichts. An der Toilette leuchtet das rote Licht, aber dort ist sie nicht. Aber wo ist sie dann? Längst ausgestiegen?

Jetzt bremst der Zug und kommt wenig später zum Stillstand, irgendwo in der Vorstadt. Er drückt den Türöffner und steigt aus, das eine Bein lässt er auf dem Trittbrett. Auf dem Bahnsteig ist niemand zu sehen. Ein paar Wagen weiter vorn steigt ein Mann mit einem Hund aus dem Zug. Ein Junge mit einer topfartigen Mütze duckt sich hinter eine Plakatwand: Die Polizei bittet um Mithilfe. Bei Verdacht – ruf an! Rauch steigt hoch. Der Geruch von Marihuana. Die Tür piepst drei Mal und will sich schließen. Mit dem Gefühl, einen Fehler zu begehen, nimmt er den Fuß weg, die Tür geht zu, der Zug fährt an. Lärm und Fahrtwind, dann wird es totenstill. Er ist allein.

Er hat keine Ahnung, wo er ist. Hier war er noch nie. Auf dem Bahnsteig eine Wartekabine, leer, irgendwo ein abgehängter Wagen, aus dem ein Geruch nach Fäkalien in seine Nase sticht. Es wird rasch dunkler, hinter den Gleisen ducken sich plumpe Gebäude in das Blau des Abends, ein Wind aus Nordost zischt über die Schienen. Der nächste Zug zurück in die Stadt geht in einer halben Stunde. Er wird irgendwo einen Kaffee trinken und dann zurückfahren.

Als er die halbe Strecke zur Unterführung zurückgelegt hat, entdeckt er beim Treppenabgang eine Gestalt, die etwas trägt und im Untergrund verschwindet. Es ist kalt geworden. Der Wind zieht um die Ecken. Ihm bleiben zwei Zigaretten.

Der Himmel über dem Schienenstrang steht dunkelrot, darin Wolken wie Kontinente. Er sieht sich um. Vor dem Bahnhofsgebäude steht sie im gelben Schein eines Kandelabers. Wartet auf Grün, überquert die Straße.

Der Lärm hat zugenommen, ein primitives Stampfen erschüttert den Platz, ein Gemisch aus dem Knattern der Motorroller und dem Sound aus halboffenen Fenstern aufgebohrter Toyotas. Kein guter Tune, Jahrmarktsbudenmusik. Sie scheint es nicht zu hören. Geht zügig weiter, lässt die Straße hinter sich und schlägt sich jenseits der nächsten Brache links in die Büsche. Haselsträucher, deren Äste das letzte Licht nehmen, säumen einen Graben. Im Grund stinkt eine Brühe, Stickstoff und Gärung.

Wo sind sie?

Auf dem Verbindungsweg zur Tangente am Rande eines Neubauviertels. Zone der Dämmerungseinbrüche. Eine Sportanlage. Flutlicht. Keuchende Kerle in kurzen Hosen. Sie geht weiter. Was will sie hier?

Keine Apartmenthäuser mehr, die liegen auf der anderen Seite, bloß ein Zweckbau folgt, davor die Zufahrt zu einer Tiefgarage. Um das freistehende Gebäude reichlich Raum, die Fassade aus Granitplatten. Ein finsteres Haus, finster und fade.

Darauf geht sie zu. Überquert einen Platz, seltsam ungestalt, dann eine Fahrbahn, Randsteine, Kies, Rasen, Sträucher, Kies – alles quert sie und nähert sich dem Haus, tritt links in einen überdachten Durchgang, geht an einer blauen Tür vorbei, geht zur nächsten, ebenfalls blau, und verschwindet im Haus.

Und er schwankt zwischen Niederlage und Triumph. Ihr Gesicht hat er immer noch nicht gesehen, aber er weiß, wo sie wohnt. Er dreht drei, vier Kreise, atmet ein, atmet aus, spuckt auf den Boden, schaut sich um. Zum Sitzen gibt es keine Gelegenheit, keine Leitplanke, weder Tonne noch Bank. Bloß den Randstein. Da ist er zu exponiert. Er geht hinüber zum Zaun, stellt sich unter das Vordach einer Relaisstation. Ohne selbst gesehen zu werden, hat er das Gelände im Blick.

Eine plumpe Burg in den Farben Grau und Blau, grau die Fassade, blau die Fensterrahmen und die versenkten Jalousien. Dazwischen helle Granitplatten. Das Haus gleicht einem Panzerschrank. Erbaut in den achtziger Jahren des letzten Jahrhunderts. Was will sie hier? Lebt sie hier? Lebt hier überhaupt jemand? Vor dem Bau Büsche, Buchs, natürlich, dazwischen etwas

Japanisches, Goldregen vielleicht, gewöhnliche Gartenbepflanzung, wie man sie in dieser Gegend hektarweise findet. Man sollte ins Begrünungsgeschäft einsteigen, da wäre etwas zu holen bei all den Gruben, die hier im Boden klaffen, bei all den Stahlskeletten, die sie hochziehen und deren Hässlichkeit mit Buschwerk getarnt werden muss.

Das Telefon. Es ist Belinda. Der Akku ist bei neunundzwanzig Prozent. Einen Moment denkt er daran, das Gespräch anzunehmen, aber er hat keine Ahnung, was er ihr sagen soll. Und weiß im Gegenzug aufs Wort, was sie ihn fragen wird. Eine Antwort fällt ihm nicht ein, auch keine Ausrede, und eine Erklärung gibt es nicht. Er lässt es klingeln, zwölf Mal, dann wird Belinda auf die Maschine gelegt.

Hinter ihm surren die Generatoren. Jetzt wäre er froh über seine wattierte Jacke gewesen, aber die ist im Wagen geblieben. Und der Tabak wird knapp. Kaffee könnte auch nicht schaden. Rüber zum Bahnhof? Das würde ihn sieben, acht Minuten kosten. Zu riskant. Er will jetzt nicht weg.

Vor sich hat er die Zufahrt, dahinter die Abfahrt in die Tiefgarage, wieder dahinter das Haus und dahinter eine Straße, eine breitere, die zum Gewerbeviertel und zu den Baumärkten führt. Dort war er einmal. Ist lange her. Sehr lange, fast scheint es ihm, es wäre die Erinnerung an ein anderes Leben.

Seltsames Gefühl. Seltsame Gegend. Seltsame Architektur. Wer aus dem Haus tritt, sieht zuerst den Schlund der Tiefgarage, die sich schneckenhausförmig in den Boden windet. Die Front des Baus: zwei Treppenhäuser, verbunden durch einen ebenerdigen Laubengang. Der linke Eingang führt zu Büroetagen, in denen noch Licht brennt, der rechte zu Wohnungen, alle dunkel. Rechts klebt ein zweistöckiger Anbau, erschlossen durch denselben Gang, darin eine Praxis oder eine Beratungsstelle, alles dunkel jetzt. Auf dem Dach wird der Sumpf des Winters liegen, schlammiges Moos. Sommers blüht da der Mohn und das Wolfskraut, aber jetzt blüht hier gar nichts, bloß heller, undefinierbarer Unrat schimmert im Dämmerlicht. Lichtergirlanden, Sterne, Zwerge und leuchtende Rehe an einem Schlitten in dunklen Fenstern. Spätweihnachtliches Aufglühen.

Die Fenster bleiben dunkel, nirgends geht eine Lampe an, die sie verraten hätte. Er kühlt langsam aus. Friert in der Kälte des Abends und verliert die Witterung. Wird sie das Haus in vernünftiger Zeit, noch heute Abend, wieder verlassen? Wenn sie hier wohnt, wahrscheinlich nicht. Aber falls sie nur die Ware liefert, was er mehr und mehr vermutet, kommt sie bald wieder raus. Also warten.

Links von ihm, jenseits der schmalen Straße, die das Haus umrundet, entdeckt er einen passablen Ansitz:

ein anderthalb Meter langer Holzzaun, der irgendetwas von irgendetwas trennt. Was das hätte sein können, ist nicht zu sagen. Auf der einen Seite des Zauns ein Stück ungemähtes Kraut. Auf der anderen Seite der brüchige Asphalt.

Fürs Erste ist das Rundholz nicht schlecht, gar nicht unbequem. Jedenfalls ist die Sicht auf das Haus ideal. Er sieht in den Laubengang hinein, bis zur ersten Tür. Die hintere, in die sie verschwunden ist, kann er nicht erkennen, aber das ist kein großes Unglück. Der Korridor hat nur einen Ausgang, und den hat er im Blick. Niemand kommt ungesehen vorbei.

Was sie gerade tut? Sie wird eine Kleinigkeit essen, vielleicht auf einem Kissen am Salontisch. Dabei in einer Zeitschrift blättern. Zwischendurch den Finger netzen, die Seite wenden, den Kopf leicht kippen, wenn das Papier sie blendet. Von hinten sähe man die Sohlen ihrer bestrumpften Füße unter dem Gesäß liegen. Oder sie sitzt auf dem Sofa und krault die Ohren ihrer Katze. Bestimmt mag sie Katzen. Er tippt auf einen roten Kater, ein stoisches Tier, zärtlich ergeben. Den Pelz hat sie ausgepackt, aber nicht angezogen. Er wartet, bis sie ihn vom Bügel nimmt. Diese Vorstellung widerstrebt ihm, er weiß nicht, weshalb. Vielleicht führt sie ihr Gewerbe hier. Ist das ihr Geheimnis? Alleine der Gedanke daran macht ihn rasend, der Gedanke an ein Bett, an die Laken, die ihren nackten

Körper berühren. Er will in ihre Nähe. Er will sehen, was sie treibt. Er will in ihre Wohnung. Er will in das Haus. Jetzt.

Da hört er, wie im Laubengang die Tür ins Schloss fällt. Vier Sekunden später erscheint ein Kerl in einer Kapuzenjacke. Ohne sich umzusehen, verschwindet er über den Platz Richtung Sportanlage.

Er löst sich von seinem Sitz und überquert die Straße. Tritt in die halb offene Überdachung, geht direkt zum hinteren Treppenhaus, in das sie vorhin verschwunden ist.

Der Boden ist mit Kalksandstein ausgelegt, ein feuchtes, knirschendes Gefühl unter seinen Füßen. Eine Lampe springt an. Bewegungsmelder. Das Licht unangenehm hell, aber weiter keine Gefahr.

Der Klingelkasten. Er sieht die Gegensprechanlage. Die Knöpfe in zwei Reihen. Schwarze Schilder, weiße Schrift. Apartment 1, Apartment 2, Apartment 3 und so weiter, bis 12. Keine Namen, nicht einmal Initialen.

Was soll er tun? Einfach klingeln? Aber wo?

Er drückt aufs Geratewohl eine Taste, es ist die sieben. Eine Glocke ist nicht zu hören, stattdessen kommen zur Bestätigung drei Töne aus dem Lautsprecher, eine Sequenz, die sich zwei Mal wiederholt. Das Echo zu laut in der Laube, aber es verhallt bald. Dann ist es wieder still. Keine Antwort. Gut. Neuer Versuch. Die Klingel Nummer acht.

Im selben Moment spürt er eine Gegenwart. Jemand ist hier. Jemand sieht ihn an. Jemand hinter ihm. Er dreht sich um, der Gang ist leer. Keine Menschenseele. Kein Schatten. Kein Geräusch. Nichts. Nur der öde Gang und das funzelige Licht. Wer hat ihn gesehen? Besser, er verschwindet fürs Erste.

Zurück an seinem Zaun, zündet er sich eine Zigarette an, es ist die vorletzte. Sein Puls geht schneller, er schwitzt. Wie kommt er in dieses Haus, in diese verrammelte Burg? Und wenn er nicht reinkommt, was macht er dann? Er braucht einen klaren Kopf, aber jetzt bekommt er zuerst Gesellschaft.

Er hat sie schon vorhin bemerkt. Sie saß auf dem Zaun, auf dem jetzt er sitzt. Und das scheint sie zu stören. Hüpft fünf Meter vor ihm auf und ab. Schwarzweiße Federn. Schwarze Augen. Ein schönes Tier, ein schöner Vogel, eine Elster. Sie stört, und genau das will sie auch. Sie will zurück auf ihren Sitz. Aber es geht leider nicht, Piepmatz, hier ist besetzt. Es wäre besser, du würdest das einsehen und Ruhe geben. Aber der Vogel versteht das Zischen nicht und braucht eine deutlichere Warnung. Der Stein trifft mit genügend Abstand auf den Asphalt. Nun hat er es begriffen und fliegt weg.

Die Sonne ist untergegangen. Wind setzt ein und wirbelt Staub auf und Dreck. Ein Wind, kalt wie das Weltall, als stünde im Himmel ein Fenster offen. Ein

Luftzug, der mit diesen Häusern über das Land kam. Es zieht durch sein Jackett, durchs Hemd bis auf die Haut. Und nichts, wohin er sich verkriechen kann. Kein Unterstand, keine Hütte auf einem Kinderspielplatz. Alles weggeräumt. Er muss warten, geduldig sein. Wie lange hält er das aus? Eine Zigarette bleibt ihm. Und dann? Dann kommt die Nacht. Zwölf Stunden Kälte. Er wird wütend, wenn er daran denkt. Warum ist er nicht zu ihr hingegangen, als er die Möglichkeit hatte? Jetzt ist sie in dieser Burg. Und kommt nicht mehr raus vor morgen früh.

Hinterm Haus fährt ein Wagen vorbei. Hinterm Haus. Das Haus hat eine Rückseite. Und auf der Rückseite gibt es vielleicht eine Hintertür. Und Hintertüren stehen manchmal offen.

Er geht quer über die Straße, umgeht das Gebäude linker Hand und landet an einem Ort, noch einsamer und öder als der Rest der Gegend. Eine Straße ohne Verkehr, dahinter in einer bulligen Bude eine Kneipe, gut getarnt hinter getönten Scheiben. Tavernenstimmung. Ein Grieche. Die Einrichtung kann ihm nützlich sein. Es wird Toiletten geben, und sogar Griechen schaffen einen Kaffee. Sein Magen knurrt. Er wird sich gedulden müssen.

Der Bau des Mädchens grenzt an die Fahrbahn, keine zwei Meter bis zu den Kellerfenstern. Dazwischen ein schmaler Streifen, mit Platten ausgelegt.

Auch hier Büsche, sie säumen die Brandmauer, in der es eine einzige Tür gibt, aus Stahl, ein Knauf, keine Klinke. An der Wand darüber ein Scheinwerfer mit Bewegungsmelder.

Kaum denkbar, dass die Tür benutzt wird, vom Hausmeister vielleicht, bestimmt nicht von den Bewohnern. Jedenfalls kommt er da nicht hinein.

Bleibt die vierte und letzte Seite des Hauses. Er findet eine offene Kellertreppe, an deren Ende eine Tür, massiv und verriegelt, mit einem Guckloch aus Doppelglas. Dahinter Finsternis, ein oranges Betriebslicht blinkt, wirft im Sekundentakt einen matten Schein auf abgestellte Fahrräder.

Das wird nichts bringen. Er hat es versiebt. Das ist eindeutig. Zeit, die Sache abzubrechen. Aber etwas lässt ihn nicht in Ruhe. Etwas, das an ihm nagt. Er weiß nicht, was nicht stimmt. Aber etwas stimmt nicht, und das weiß er.

Er geht zurück zu seinem Ansitz. Geht alles noch mal durch. Was hat er gesehen? Er hat gesehen, wie sie einen Pelz abgeholt hat. Falsch: Er hat nicht gesehen, was im Kleidersack ist. So kommt er nicht weiter. Wie kommt er weiter? Er muss sich an die Fakten halten, daran, was er gesehen hat.

Er hat gesehen, wie sie dem Gespenst einen Zettel gegeben hat. Im Tausch erhielt sie einen Sack. Daraus lässt sich schließen, dass vorher, wann genau ist nicht zu sagen, das Umgekehrte stattgefunden hat: Sack gegen Zettel. Sie oder jemand sonst muss den Mantel, oder was sich im Sack befunden hat, abgegeben haben. Für eine Reparatur wahrscheinlich. Gut. Weiter. Sie hat bezahlt, ganz sicher. Bezahlen Boten die Ware? Mit einer Karte? Nein. Also gehört der Pelz doch ihr. Vielleicht ein Erbstück, das sie in Ordnung bringen wollte. Er strengt seinen Kopf an und versucht sich vorzustellen, wo sie jetzt sein könnte. Ob sie diesen Pelz aus der Hand gibt oder nicht, ob sie ihn aufhängt oder ablegt, auf einen Stuhl, das Sofa oder aufs Bett. Ist sie alleine? Lebt sie mit den Eltern? Unwahrscheinlich, hier wohnen keine Familien. Wie hoch mag die Miete sein in diesem Teil der Stadt? Sie ist jung. Vielleicht teilt sie sich die Bude. Mit wem? Mit einem Typen? Dem Typen mit der Kapuze von eben? Nein. Der passt nicht zu ihr. Wer passt zu ihr? Wie müsste er aussehen? Einer, der zum Frisör geht drei Mal im Monat? Einer mit einem großen Wagen? Oder einer auf dem Fahrrad? Nein, nichts von alledem. Sie hat keinen. Vielleicht hat sie Männer, aber einen Mann hat sie nicht. Sie ist allein in ihrer Wohnung, allein in der Küche, allein im Schlafzimmer, vielleicht in diesem Moment allein im Badezimmer. Öffnet die Haare. Kämmt sie. Wäscht sich die Schminke vom Gesicht, das er nicht gesehen hat, immer noch nicht gesehen hat.

Was auch immer, sie kommt nicht raus. Sie wird die Nacht in ihrem Stübchen bleiben. Und er? Kommt nicht zu ihr, kommt nicht ins Haus, lungert in der Kälte herum wie ein herrenloser Hund. Aber das muss ja nicht so bleiben. Niemand braucht sich mit seinem Schicksal abzufinden.

Er nimmt das Telefon und wählt die Nummer der Taxizentrale, bevor ihm einfällt, dass er keine Adresse hat. Keine Ahnung, wo er ist, nicht die leiseste. Er kennt weder Ort noch Straße. Er beendet den Anruf und startet die Navigation. Der Akku ist bei fünfundzwanzig. Drückt den kleinen Pfeil unten an der Karte. In der Mitte des Bildschirms, am Ende einer Stummelstraße, pulsiert ein blauer Punkt. Was steht da? Er vergrößert den Ausschnitt. Gar nichts steht da. Eine Straße ohne Namen. Er wischt zum Bahnhof. Da steht ein Name. Ihn wird er nennen, und den Namen der Taverne. Kann man nicht verfehlen. Er wählt dieselbe Nummer. Eine Stimme meldet sich, er kann nicht sagen, ob männlich oder weiblich. Der Wagen sei in sieben Minuten da. Gut.

Kaum hat er aufgelegt, biegt ein Mercedes um die Ecke und bremst vor dem Griechen. Baureihe? Unbekannt. Kein guter Jahrgang, das ist eindeutig. Er sieht es an der Lackierung. Nix Werkslackierung. Für diese Farbe gibt es keinen Namen. Schlammgrünorange. So etwas. Vermutlich umgespritzt. Hehlerware. Er winkt.

Die Karre wendet. Fährt an den Randstein. Ein Asiate steigt aus. Vielleicht auch Afrikaner. Oder Südamerikaner. So genau kann er das nicht sagen. Hat Ringe unter den Augen und sieht aus, als wäre er die letzten drei Monate nicht von seinem Sitz gestiegen. Er riecht wie sein Auto. Der Mann trägt was Langes, das ihm bis über die Knie reicht. Darunter eine Hose. Im zerknautschten Gesicht zwei Knopfaugen. Damit hat er bestimmt schon ein paar Punkte gemacht. Knopfaugen ziehen immer.

Ich brauche meinen Wagen, sagt er, aber ich kann ihn nicht selbst holen. Er reicht ihm den Schlüssel.

Der Mann versteht nicht.

Steht im Parkhaus an der Promenade, dritte Ebene.

Parkhaus, fragt der Mann und sieht sich den Schlüssel in seiner Hand an.

Dreier, Touring, dunkelblau, sagt er, aber der Kerl versteht nicht. Er reicht ihm das Parkticket. Jetzt scheint sich etwas zu regen. Der Mann betrachtet den Schein, betrachtet den Schlüssel, sein Gesicht hellt sich auf, er murmelt ein paar Worte, steigt in seinen Wagen, wendet und fährt davon. Zurück bleibt eine Wolke verbrannter Diesel.

Er setzt sich wieder auf sein halbes Rundholz und steckt sich die Letzte in den Mund, will sie gerade anzünden, als sich im Laubengang etwas bewegt. Die vordere Tür wird aufgeschoben, eine Frau erscheint, in der Hand einen Rollkoffer, den sie jetzt absetzt. Sie bewegt sich durch den Gang, biegt um die Ecke und macht sich auf der rückwärtigen Straße Richtung Grieche davon, und erst jetzt hört er den Hall der ins Schloss fallenden Tür.

Das waren vier Sekunden, mindestens. Er packt die Zigarette ein und steckt die Schachtel weg.

Die Elster scheint etwas an ihm nicht zu mögen. Sie hüpft einen Halbkreis und schlägt an. Der Vogel versucht eine Scheinattacke, er weicht zurück. Die Elster beruhigt sich. Einen Schritt nach vorne, und es geht wieder los.

Da hört er, wie jemand eine Tür aufzieht. Ein Alter erscheint. Blaue Hose, gelbe Augen. Mindestens neunzig, geht krumm. Schiebt seine Gehhilfe durch die Tür, er quält sich dabei mit der einen Hand, drückt mit der anderen das Gestell, das macht einen Hopser, aber schließlich kriegt er das Ding raus, und als er im Gang steht, lässt er die Tür in den Schließer fallen.

Einundzwanzig, zweiundzwanzig, dreiundzwanzig, vierundzwanzig, fünfund… Das sind viereinhalb Sekunden. Das ist zu schaffen. Die hintere Tür wird er nicht erreichen, die ist zu weit weg, sieben, acht Meter weiter hinten im Durchgang. Aber die erste ist in Reichweite. Die Treppenhäuser sind getrennt, aber die Keller sind verbunden. Vielleicht steht die Tür ins Untergeschoss offen. Dann kommt er auf die andere

Seite. Er braucht Glück, aber einen Versuch ist es wert.

Diese Elster. Beruhigt sich nicht. Das könnte zum Problem werden. Es gibt eine imaginäre Linie, die er nicht überschreiten darf. Hat die ihr Nest da? Verteidigt sie ihre Beute? Er geht zurück, einen Schritt, zwei Schritte, die Elster, mit gesenktem Kopf, folgt ihm, krächzt. Er mag das nicht. Sie sollte still sein. Noch einen Schritt zurück und zur Seite – und jetzt beruhigt sie sich. Jetzt hat sie genug. Gut. Aber er kann sich nicht setzen. Das Rundholz bleibt ihm verwehrt.

Die Tür geht auf. Typ kommt raus. Es geht los. Er setzt sich in Bewegung, zügig, aber noch ohne zu rennen. Das würde auffallen. Er wartet, bis der Kerl um die Hausecke biegt. Die Tür steht bei dreißig Grad. Jetzt ist der Typ weg, und er zieht an, jetzt beginnen seine Arme zu pendeln. Die Frequenz der Schritte erhöht sich, er atmet ein, die Oberschenkel spannen sich, er ist klar im Kopf, er kann das dosieren, ruhig hält er die Geschwindigkeit, nichts Panisches, nichts Überschüssiges, einfach einen Schritt vor den anderen, den Oberkörper in den Wind gelegt, gleich hat er sie, gleich ist er beim Eingang, es sind noch sechs, sieben Schritte, die Tür ist bei fünfzehn Grad, jetzt bei zehn, das schafft er, gleichmäßig schließt sich die Tür, er kann das timen, und als sie noch acht Grad offen steht und zwischen ihm und der Tür keine drei Meter mehr sind, beschleunigt sich der Mechanismus, die Tür fällt ins Schloss, vor seiner Nase.

Aber weil im selben Augenblick jemand hinter ihm auftaucht, läuft er weiter bis zum hinteren Eingang, läuft erst da aus, kommt bis zu dieser Wand aus Waschbeton, dreht sich um, blickt in den Durchgang, der ist leer. So eine Scheiße.

Es ist kalt. Der Winter hockt in diesen Höhlen, und kaum kommt der Abend, lösen sich die Geister. Er geht hinaus ins Dämmrige, das jetzt schnell dunkler wird. Der Himmel verfinstert sich. Aus den Bäumen weht ein Geruch nach Abfall und nach Tod. Für einen Moment herrscht Stille. Irgendwo geht ein Licht an. Dann noch eines, viele.

Wenn er wenigstens einen Namen hätte. Dann könnte er später wiederkommen. Aber er hat keinen Namen. Er hat ein Haus, aber keinen Namen.

Er geht zurück zu seinem Halbrund. Seine Elster sitzt da. Putzt sich das Gefieder, er verscheucht das Tier, es setzt sich zwanzig Meter weiter auf einen Maschendrahtzaun.

Kommt ein Lieferwagen vorgefahren, orange, von TNT, bremst in der Kurve, stellt die Lichter an, ein Mann im Overall steigt aus, Paket im Arm, lässt die Wagentür offen stehen, geht zum ersten Eingang, schaut durch die Glastür, wendet sich ab, geht weiter und öffnet die hintere Tür.

Er zieht die Tür auf und geht einfach rein.

So ein Schwachsinn. So ein blöder, verfickter Schwachsinn.

Er steht schon im Gang, als der Lieferboy aus der Tür kommt und ihre Wege sich kreuzen. Lange Haare zum Zopf geflochten, an den Schläfen rasiert, Tätowierung am Hals, zu große Schuhe, der Schweißgeruch wird lange im Eingang hängen bleiben.

Aber das ist jetzt einerlei, denn jetzt öffnet er die Tür und betritt das Haus.

Der Eingang ist mit Teppich ausgelegt, weich und tief. Ein hölzerner Handlauf, der Abgang zum Keller, rechts der Fahrstuhl. Das Licht springt an. Er nimmt die Stufen, es sind sieben bis zum Zwischenboden, noch einmal sieben bis zur Etage.

In einer Ecke Strohblumen in einem Glaszylinder. Die Türen sind königsblau, rechts die Klingel mit Namensschild. Satöy. Bircher. Das ist der erste Stock. Im zweiten WHD und Laber. Draußen geht eine Hupe. Er steigt in die nächste Etage.

Hier ist etwas anders, aber was? Es ist heller. Die Etage liegt über der Schattengrenze. Das Fenster grau. Lardi und Brauchelmoser leben hinter den Türen.

Wieder die Hupe, zwei Mal jetzt.

Im vierten Müller und Kahmer, im fünften statt Wohnungen rechts ein Röntgeninstitut, links ein medizinisches Labor.

Die Hupe.

Im sechsten rechts D.O. – links ein Schild ohne Namen. Nur das weiße, leere Feld.

Sie ist hier. Auf dieser Etage. Er spürt ihre Nähe. Aber er weiß nicht, welche Tür die richtige ist. Was ist hinter dieser Wand? Wahrscheinlich das Bad. Und dahinter die Küche. So baut man heute. Die Abwasser und der Strom, die Schächte aufwärts und abwärts zusammen.

Es ist still. Er regt sich nicht. Horcht. Ein Surren, das Flattern der Heizung, das Gurgeln der Radiatoren. Sonst nur die Stille des Teppichs. Das blanke Klingelschild. Was ist D.O.? Was bedeuten zwei Buchstaben?

Er wird es gleich wissen. Greift die Klinke, will sie gerade drücken, da geht draußen wieder die Hupe. Er zuckt zusammen, lässt die Klinke los. Das ist seine Hupe. Die Hupe vom BMW. Er rennt die Treppe runter, raus, hinüber.

Da steht der Hinterinder. Oder Vorderbengale. Steht da neben dem BMW und zieht ein Gesicht. Spielt mit seinem Schlüsselbund, an dem ein blauer Elefant blinkt. Ein Mann, der dreizehn Stunden am Tag im Auto sitzt und aussieht wie seine Fahrerkabine. Ungelüftet. Stickig. Dazu nervlich belastet. Wahrscheinlich leberkrank, nach den Ringen unter den Augen zu urteilen, dunkel und breit wie zwei nachtblaue Bettvorleger.

Ganz bestimmt hat dieser Mann keine Lust auf ungedeckte Fahrten. Er wird den Preis machen, vorher lässt er niemanden an den Wagen. Achtzig will er und ist erstaunt, als er hundert ohne Quittung bekommt. Die Laune etwas besser, nickt er, aber danke sagt er nicht. Dreht sich weg, schlurft über den Platz in Richtung Bahnhof davon.

Er geht zurück zum Haus. Will es zu Ende bringen. Fühlt die Aufregung im Magen und muss sich beruhigen. Seine Hände zittern. Er weiß nicht, ob vor Freude oder Furcht. Er ist jetzt bei der hinteren Haustür, und die hintere Haustür ist jetzt verschlossen. Er rüttelt, er zieht, nichts. Dasselbe beim vorderen Eingang. Zwecklos. Verschlossen. Wahrscheinlich eine Zeitschaltuhr. Er braucht einen neuen Plan.

Der BMW beruhigt ihn. Im Kofferraum stehen halbhohe Schnürstiefel von Timberland. Die braucht er für die Baustellen. Er zieht sie an. Und fühlt sich ausgerüstet. Er hat ein Seil, er hat eine Decke, er hat eine Lampe. Er hat Geld und Strom. Die Nacht kann kommen.

Er sollte einen Platz finden, wo er die nächsten Stunden verbringen kann. Einen Parkplatz gibt es nicht, jedenfalls keinen mit Blick auf das Haus. Auf der Böschung stehen Krüppelkiefern. Sie lassen ihre Äste tief über den Straßenrand hängen. Kein schlechter Ort, es sollte bloß nicht aussehen, als ob er sich verstecke. Wo sonst? Bei der Trafostation? Dort gibt es Platz. Aber falls sie aus dem Fenster sieht, wird sie den Wagen entdecken. Also wo? Einfach auf die Straße? Er müsste den Wagen auf den Bürgersteig stellen. Wie wahrscheinlich ist es, dass eine Streife ihre Runde dreht? Ziemlich wahrscheinlich. Also doch der Platz unter den Kiefern.

Aber dort findet er keine Ruhe. Er fühlt sich ausgestellt, als würde ihn die ganze Umgebung anstieren. Er stellt die Lichter aus und die Standheizung an. Seine Sicht ist eingeschränkt. Durch die Frontscheibe hat er einen passablen Überblick, aber vor dem linken Fenster hängen die Äste, und im Rückspiegel bleibt nur ein knapper Winkel, den er überblickt. Es ist frisch im Wagen. Der Geruch des Inders hängt in der Luft. Er putzt mit dem Ärmel den kondensierten Dampf von der Scheibe. Er startet den Motor. Die Lichter auf dem Armaturenbrett gehen an. Der Zeiger steigt auf fünfzig Prozent, der Tank ist halbvoll. Er dreht die Lehne auf hundertfünfzig Grad. Streckt die Beine. Im Wagen wird es warm. Der Magen macht sich mit einem Knurren bemerkbar. Beim Griechen könnte er etwas bekommen. Weiß Gott, wie lange die brauchen, um eine Mahlzeit zu kochen. Fünfzehn

Minuten mindestens. Fünfzehn Minuten will er die Tür nicht aus dem Blick lassen. Vielleicht können Sie liefern.

Er sucht die Nummer der Taverne, wählt, eine Stimme ertönt, eine Stimme vom Band, und nach einem Pieps das Besetztzeichen. Ein neuer Versuch, dasselbe Spiel, keiner nimmt ab. Er kann die Lichter in der Taverne sehen, und er meint hinter der Fensterfront eine Person zu erkennen. Aber sie hören sein Klingeln nicht. Oder tun so, als würden sie es nicht hören. Der Akku ist jetzt bei unter zwanzig. Er will ihn am Zigarettenanzünder aufladen, aber das Kabel ist nicht da. Er hat es gestern in den Koffer gepackt, damit er es nicht vergisst, wenn er nach Gran Canaria reist. Das ärgert ihn jetzt. Er wird haushälterisch sein müssen. Aufmerksam sein. Er wird die Tür nicht aus den Augen lassen. Das nächste Mal will er bereit sein. Und kein Risiko eingehen, sei es noch so klein. Der Magen kann warten. Eine Flasche liegt neben dem Dinosaurier auf dem Beifahrersitz. Das Wasser schmeckt schal. Er dreht das Radio an. Eine hohe Stimme singt auf Spanisch die ewigen Worte der Sehnsucht. Ein gefühlvolles Lied, mit einem Loch im Bauch schwer erträglich. Er lässt es trotzdem laufen. Ein Jingle unterbricht die letzten Takte. Das Stakkato der Kriege und der Katastrophen, an erster Stelle die verlorene Maschine. Die internationale Suchaktion nach der Blackbox weiterhin ohne Erfolg. Die Planquadrate werden größer, und die Zeit ist knapp, fünfzehn Tage, dann wird die Batterie verbraucht sein und jede Spur verschwinden. Die Angehörigen mehr wütend als verzweifelt. Hilflose Behörden. Es bleibt die Hoffnung. Er wechselt den Sender, Feierabendmusik und Plauderlaune, ein Quiz, bei dem der Hörer drei falsche Antworten gibt, danach das Wetter für die nächsten Tage. Von allem etwas, heißt es, Sonne, Regen, Wind und Schnee. In den Nächten solle man sich vorsehen, es sei mit Frost zu rechnen.

Wie oft waren wir schon hier, Philip und ich, saßen in diesem Wagen und schlugen uns die Nacht vom elften auf den zwölften März um die Ohren? Wie viele Stunden harrten wir in der stickigen Wärme der Standheizung aus und gingen die Meldungen des Tages durch, die Truppenbewegungen auf der Krim, die vergebliche Suche nach dem Wrack der verlorenen Boeing? Im Handschuhfach fand er eine Schachtel französischer Salbeipastillen, vor Jahren an einer Tankstelle gekauft auf einer sonntäglichen Fahrt ins Elsass, wo er in einem Gasthof in der Nähe von Colmar ein üppiges Mittagessen eingenommen hatte und danach über eine vereiste Straße auf den Hartmannweilerskopf gefahren war, wo im Ersten Weltkrieg ein sinnloses Gemetzel dreißigtausend Soldaten verschlissen hatte, ohne Geländegewinne. In der Mondlandschaft eines Januarabends hatte er versucht, das Entrecôte und die Trüffelpastete zu verdauen, war dann zurückgefahren und hatte eben, kurz vor der Grenze, getankt und die Salbeipastillen gekauft. Die Dose ließ sich kaum mehr öffnen, er musste seinen Schlüssel zu Hilfe nehmen. Sie schmeckten scheußlich, aber wenigstens enthielten sie Zucker. Bei einem Kurier bestellte er sich eine Pizza, die kalt geliefert wurde, von einer Frau, die ihm zu alt für diese Arbeit schien. Er aß die Pizza im Stehen, den Karton auf dem Autodach. Die Elster kam, er warf ihr ein Stück Teigrand hin, sie schnappte es sich, verzog sich in ein Gebüsch, tauchte wieder auf, bekam die nächste Portion.

Belindas Nachrichten löschte er allesamt ungelesen, irgendwann, noch vor Mitternacht, gab sie es auf. Keine Ahnung, was sie jetzt tun würde. Es ließ ihn unbekümmert. Veras Mitteilung, er sei für den Flug am Donnerstagmorgen eingecheckt, tröstete ihn, die Aussicht, in sein altes Leben zurückzukommen, gab ihm Vertrauen. Er hatte nicht das Gefühl, einen Fehler zu machen. Er folgte einem merkwürdigen, vielleicht unheilvollen Plan, dessen Ziel niemand verstehen musste. Er war dem Augenblick ausgesetzt, nur der zählte, er hatte keine Ahnung, was in der nächsten Sekunde geschehen würde, aber er wusste, was auch immer passierte, er würde bereit sein. Er hatte einen sauren Geschmack im Mund, als würde ihn die Aufmerksamkeit langsam auffressen, aber auch das war in Ordnung. Er verbrauchte seine Energie, und er verbrauchte sie schrankenlos, ohne Zurückhaltung, mit der totalen Präsenz. Nicht seine Absicht bestimmte das Geschehen, er brauchte keine Entscheidungen zu treffen. Das erleichterte ihn auf eine Weise. Er war da. Mehr brauchte er nicht zu tun, und er verstand, warum darin das Glück lag. Er war vereint mit seinem Atem, denn schnell hatte er bemerkt, wie wenig hilfreich es war, sich aufzuregen, sich Sorgen zu machen, weiter als an den nächsten Schritt zu denken. All dies hinderte ihn daran, im Moment aufzugehen. Und er sah, was er noch nie gesehen hatte. Die Welt voller Zeichen, die er lesen konnte, die Welt war ein offenes Buch. Es lag nur an ihm, die Botschaften zu entziffern, und alles, was ihn an eine Zukunft denken ließ, an etwas jenseits des nächsten Herzschlags, war sinnlos und kindisch. Jede Investition war lächerlich, tödlich und dem Leben abträglich, das er gefunden hatte. Seine Existenz hing an einer anderen Existenz. Er hatte sich verbunden mit ihr, darum ging es, und wohin sie auch ging, er würde folgen. Es spielte keine Rolle, wer sie war, was sie wollte, solange er sie nicht verlor, würde er nicht verloren sein. Er würde lernen, ja, das war es, er hatte noch nie so viel erfahren wie in den letzten Stunden, und er wusste, mit welchen Gefahren dies verbunden war, weil er nicht für sein Heil, sein Wohlergehen sorgte, weil das ganz einerlei war. Es ging nicht um ihn, nicht um seine Absichten, es ging um das Band, das geknüpft war, die Heiligkeit ihrer Verbindung, göttlich. Aber sie durfte nichts davon wissen, sie würde es nicht verstehen, sich vor ihm fürchten und versuchen, seinem Blick zu entkommen. Er hatte zwei Aufgaben: alles sehen und nicht gesehen werden.

Er löschte das Licht. Draußen erschien die Welt monochrom im Natriumdampf der Straßenlaternen. Ein Fuchs huschte vorbei. Ein Streifenwagen auf seiner Runde. Ein Fetzen Papier, vom Wind über das Pflaster geweht. Diese Welt da draußen würde sich zurückmelden, schon bald, mit aller Kraft. Für jede Minute, die er ihr entsagt hatte, würde er bezahlen müssen, den vollen Preis.

Aber noch ruht diese Welt, die Häuser schlafen und die Straßen schlafen, der Himmel schläft und das Mädchen schläft, nur einer wacht und schläft nicht, einer, der alles sieht, dessen Sinne erwachen, aber es ist nicht klar, ob er seinem Schöpfer wohlgefällt.

Und da ist sie. Mit einem Diamantblitz tritt sie auf, im ersten Strahl der Sonne. Ihr Licht ist weiß und golden und erfüllt den Himmel und die Zinnen, das Kupfer der Dachpfannen flammt auf und legt Säume aus flüssigem Rot. Im Blau nun alle Farben, und alles Licht steht in seinen Augen und blendet ihn. Mit den Chören des Morgens schreitet sie und verscheucht jeden Schatten aus ihrer Gegenwart. Die dunklen Fetzen ziehen sich zurück in die Nischen der Vordächer, das Schwarz kuscht wie ein minderer Dämon. Er, im Taumel, hebt eine Hand vor die Augen, mit der anderen hält er sich an der Autotür fest und stellt sich in die Photonenwogen. Die silberne Gischt der ersten Stunde hüllt ihn ein und will ihn wegreißen. Ihre Pracht ist ohne Frage, abwenden muss sich alles vor diesem Glanz, geblendet jeder, der die Lider nicht senkt.

Sie hat sich gestern nicht in die Sonne gestellt, auf dem Platz unter den Kastanien; es war die Sonne, die ihr gefolgt ist auf ein Zeichen. Über das Helle und das Dunkle gebietet sie und heißt den Himmel eine Wolke zu schicken, um das Licht zu brechen, das Weiß abzublenden und das Gold zu dämpfen. Der Wasserdampf im Himmel streut das Licht diffus, der Glanz kehrt zurück in die Hülle einer Nebelbank, und in diesem opaken Schimmer erkennt er sie, in der Gestalt einer Angestellten im Etuikleid, ein heller, dreiviertellanger Trenchcoat, zwei Finger überm Knie. Fast transparente Kniekehlen, schlanke Waden ohne Makel, die Haare hochgesteckt mit einer züchtigen Spange aus schwarzem Lack.

Im Universum ist das Licht nicht alleine. Daneben existiert die Materie und verlangt Disziplin. Materie? In den niederen Sphären der Existenz lautet die Bezeichnung Stoff. Plunder. Zeugs. Und dieses Zeug, so erbärmlich und von mieser Qualität es sein mag, es ist das Schicksal der Sterblichen. Keinen Tag überleben sie ohne Bleche, Klötze oder Lappen wie etwa jenes Stück Baumwolle, lammgefüttert und mit Kapuze, das Parka genannt wird und als Marke einen englischen Namen führt, Holbrook nämlich, aber tatsächlich niemals, in keiner Produktionsstufe, britisches Territorium gesehen hat, vielmehr im Punjab gepflückt und in einem Sweatshop außerhalb von Chiang-Mai von einer tuberkulösen Siebzehnjährigen zusammengeflickt wurde. Auf diesen Fetzen ist er angewiesen, der seinen Leib schützt vor der Kälte und der Scham. Und so mies der Loden, er hätte ihn bereitlegen müssen. Hat er aber nicht. Hat ihn achtlos liegenlassen auf dem Nebensitz. Obwohl er gewusst hat, wie flink sie auf den Beinen ist. Und während die Göttin die Mitte des Platzes erreicht hat, taucht er der Länge nach in den Wagen, greift verzweifelt nach dem schlabberigen Teil. So. Den Parka hat er jetzt. Gut. Aber nicht genügend. Er braucht auch sein Telefon, und dieses Telefon steckt leider nicht in der Brusttasche, es liegt auf dem Armaturenbrett. Er schnappt es sich. Jetzt alles beieinander. Jetzt kann er los. Vielleicht. Vielleicht braucht er noch seine Börse. Sein Vermögen, seine Identität. Könnte hilfreich sein. Aber das Schweinsleder hat sich aus dem Staub gemacht, jedenfalls geht der Kontrollgriff an die linke Innentasche ins Leere. Er taucht also, während sie weiter über den Platz wechselt, leichtfüßig und flink, und bald aus seinem Blick verschwunden sein wird, zurück in das Innere des Wagens – aber wo ist die verdammte Börse? Liegt nicht auf dem Sitz, liegt nicht unter dem Sitz, und sie liegt auch nicht in der Türablage. Ah, gefunden. Tief unten in der Lücke zwischen Fahrersitz und Mittelkonsole, da liegt sie.

Wissen, wo sich eine Sache befindet, ist nicht dasselbe, wie über sie zu verfügen. Er sieht die Börse, aber er kommt nicht an sie heran. Deine Göttin ist fast am Bahnhof, und du gräbst nach deinen Effekten. Was ist? Sind deine Finger zu dick? Ist dein Hirn zu weich? Brauchst du einen Kaffee? Bist du auf Entzug? Was machst du jetzt? Heulst du gleich?

Er spürt, wie sein Kopf heiß wird, er giert nach seiner Börse und drückt die Hand zwischen Schaumgummi, Metallbügel und Kunststoff. Die Finger verbiegen sich, eine Kreditkarte frisst sich ins Nagelbett, das Nagelhäutchen reißt, aber er bekommt das Leder trotzdem nicht zu fassen. Zwecklos.

Jetzt schau mal durch die Frontscheibe. Siehst du sie? Dieser kleine Punkt auf der Höhe des Sportplatzes, das ist sie. Und du willst sie einholen? Wie?

Er hievt sich aus dem Wagen. In der Hosentasche klimpern Münzen, das Rückgeld von gestern Nachmittag. Wie viel? Wenig. Sehr wenig. Es reicht für einen Kaffee, aber nicht für einen zweiten. Du wirst dich bescheiden müssen. Von den Reserven zehren. Unangenehm, ja, aber wem willst du die Schuld geben? Dem Universum? Dem unnachsichtigen Schicksal? Oder wem?

Sie ist unterwegs Richtung Bahnhof, auf demselben Weg, den sie gestern genommen hat. Das ist ihr Wechsel. Vom Bau zurück zur Äsung. Er hetzt über den Platz, er spürt die Augen, die auf ihn gerichtet sind und sich fragen, wie er das noch schaffen kann. Sie ist jung und geschmeidig und flink und ausgeschlafen und befrühstückt und huscht von der Fahrbahn auf den Bürgersteig, wieselt durchs Gelände, umtänzelt die überfrorenen Pfützen. Er aber: geht gekrümmt mit nüchternem und saurem Magen, der offene Mund stößt Atemwolken aus, von seiner Lippe hängt ein Speichelfaden, den er mit dem Ärmel abwischt.

Als er sich dem Bahnhof nähert, nimmt der Menschenstrom zu. Der Asphalt ist von Reifadern marmoriert. Gestalten eilen zu den Gleisen, kontrastlos im diffusen Morgenlicht, manche mit einem blauen Schimmer im Gesicht. Blind gehen sie den Weg, zurechtgemacht für den Dienst. Kompakte Tornister, die Getränkeflaschen in den Seitentaschen, alle frisch, frisiert, feldtüchtig. Gestern war er einer wie sie, heute verachtet er die Menschen. Er ist getrennt von ihnen und wird nie zu diesem Zug gehören. Sie glauben sich in Konkurrenz, einer zum anderen, und dieser Glaube treibt sie an, in Wahrheit dienen sie der einen, gleichen Sache, einer Sache, die für ihn verloren ist. Noch nie hat er sie so gesehen. Sie sind satt, aber sie schlafen noch. Sie schlafen immer. Er ist ausgehungert, ja, übernächtigt, blank, nass, aber er ist wach. Wach für den leisesten Ton, für das schwächste Licht, für die größte Nebensächlichkeit. Er vernimmt das Wispern aus ihren Kopfhörern, hört die Worte, Stimmen, die jeden an seinen Bestimmungsort leiten. Er sieht das Licht in den Hauseingängen, die Wurfprospekte, die herumliegen. Die Lampen fleckig von zerdrückten Mücken. Spiegelfronten reflektieren Gestalten, die über die Mondlandschaft des Asphalts in Richtung Bahnhof gehen, wo sie in die Neonkälte der Unterführung tauchen und sich in drei Stränge teilen – rechts, links, und geradeaus zu den hinteren Treppen. Die Menschen scheinen ihn nicht zu bemerken, den Mann, der unter ihnen ist und nicht zu ihnen gehört, der durch sie hinwegkeucht und einen gewissen Nacken nicht aus den Augen lässt, einen Nacken, der aus der Menge leuchtet, nackt zwischen den eingepackten Wollhälsen der Angestellten. Um ihren Hals, das sieht er jetzt, leuchtet eine Kette, haardünn, mit einem Verschluss, nicht größer als ein Reiskorn, daran hält er sich, das ist sein Polarstern.

Ein Quadratschädel schiebt sich in die Sicht, ein Kerl mit Borsten im Nacken, blond, gekraust, zum Abnicken. Schließlich taucht er nach links, ist weg, und er hat sie wieder. Sie zieht links hinauf, tanzt über die Stufen, als trüge sie kein Gewicht. Sie ist aus Luft, keine Schwerkraft zieht sie nach unten. Aber er. Er hat Absenzen. Denkt an heißen Kaffee und versucht abzuschätzen, wie hoch der Betrag in seiner Hosentasche ist. Zwei Zweier, vielleicht zwei Einer, dazu die Bruchmünzen. Auf mehr als acht kommt er nicht.

Jetzt steht er auf dem Perron. Die Frau, deren Gesicht er noch nicht gesehen hat, geht durch die Wartenden hindurch bis ans Ende des Bahnsteigs. Sie steht unter dem freien Himmel, abgewandt gegen die Lichter weiter südlich. Positionslampen an den Funkmasten, Signalfeuer für die Wolkenschiffe, im tiefen Vordergrund jenseits der Gleise verschütten gestaffelte Kandelaberreihen eine gelbe Brühe. Noch steht die Sonne tief. Die Schatten fallen weit.

Der Zug fährt ein. Der Pulk drängt zu den Türen. Er wird mitgerissen und bewegt sich in einer Traube zum Zug. Kennt er das nicht? Wollte er das nicht gestern schon verhindern? Muss er einsteigen? Noch einmal die Demütigung, diese Büchse betreten zu müssen ohne Fahrkarte? Wann wird er sie für sich alleine haben? Bestimmt nicht vor dem Abend. Jetzt ist sie den ganzen Tag unterwegs. Er könnte sich in den BMW verziehen und dort auf sie warten, aber das will er nicht. Er will in ihrer Nähe sein, da fühlt er sich kräftig, er weiß, wozu er geboren wurde. Er ist am richtigen Ort, selbst in diesem morgendlichen Gedränge, zwischen diesen Menschen, die nach Kaffee und Deodorant riechen.

An der Spitze einer Gruppe von vier Frauen in Hosenanzügen steigt sie in die obere Etage. Er bleibt bei der Treppe, trotz des Gedränges, das ihn hoch- und niederdrückt. Jemand rempelt ihn an, er strauchelt gegen eine Haltestange, fällt halb in einen Typen in grober, pechschwarzer Kluft, ein Fahrstuhlmonteur mit rasiertem Schädel und tellergroßen Steckern in den Ohrläppchen. Er geht an ihm vorbei, nimmt drei Stufen und hat die Unterseite der oberen Ebene im Blick.

Ein Wald aus Waden, kurze Stämme in blauen Hosen, besockte Stängel, knorrige Beinschößе. Und mitten im Unterholz zwei zartbestrumpfte Halme: Sie ist da.

Er lässt sich auf die Treppe nieder. Er fühlt sich schwer und müde, einen Moment legt er den Kopf auf die Knie und schließt die Augen. Die Gedanken setzen ein. Was arbeitet sie? In der Pflege ist sie nicht. Die kleiden sich bequemer. Lehrerin? In einer Handelsschule vielleicht. Aber nicht sehr wahrscheinlich. Außendienst? Das wäre schlecht, sehr schlecht. Er wird bis zum Abend auf den Beinen sein, im Zug, in der Straßenbahn. Er glaubt nicht daran. Die Absätze sind zu keck. Sie putzt keine Klinken. Und wenn sie mit einem Geschäftswagen unterwegs ist? Dann hat er geschissen. Wie soll er an einen Wagen kommen? Ein Taxi? Den ganzen Tag? Unmöglich. Das kriegt er nicht unter fünfhundert. Und er hat gerade ein paar Münzen in der Tasche.

Bleibt also nur die Hoffnung. Die Hoffnung, dass sie einen Arbeitsplatz in einem einsehbaren Büro bezieht. Oder in einem Laden arbeitet. Wo sie nicht unangekündigt losfliegt. Und er sie im Blick hat. Ein bisschen viel Hoffnung. Aber was bleibt einem Mann mit leerem Magen, ohne Geld, ohne Zigaretten?

Bewegung kommt in den Wagen, als der Zug bremst und in einem unterirdischen Bahnhof zum Stehen kommt. Die Leute drängeln zum Ausgang. Jemand tritt ihm in die Seite. Er muss von der Treppe verschwinden und erhebt sich mit trockener Kehle und einem Zischen im Schädel, als hätte jemand einen

Lötkolben in sein Hirn gedrückt. Steht bei den Türen, die sich jetzt öffnen. Vom Bahnsteig eine Eiseskälte. Ein Typ mit einer Frisur wie nach einer Hirnoperation steigt ein und wirft ihm einen hämischen Blick zu. Jemand verschüttet Kaffee. Im Zug ein Geruch nach Kot und Plastik, eine Mischung aus Hightech und Schweinekoben. Auf Schiebekartons Anzeigen für Hörgeräte und Therapien gegen Schlafapnoe. Der Zugführer improvisiert eine Durchsage. Er steht jetzt. Von hinten schiebt ihn einer gegen den Ausgang. Was soll das? Er dreht sich um. Ein Graumelierter mit engem Hemd und Hornbrille, ein Gezücht aus der Kreativbranche. Gesunde Gesichtsfarbe und ein Gemüsesaft in der manikürten Hand. Der Knopf im Ohr blinkt blau. In die Leere des Äthers gibt er seine Meinung über irgendwelche Strategien im Zusammenhang einer neuen Akquise zum Besten, in der Lautstärke eines Marktschreiers. Er hasst ihn. Er hat Lust, diesem Kothaufen einen Kugelschreiber durch die Ohren zu drehen, und zwar quer durch die Birne. Dann wird man sehen, ob ihm seine dauerlaufgestärkte rasierte Brust und das weibische Rindsledertäschchen zu Hilfe kommen. Der Hampelmann starrt mit toten Augen in seine Richtung. Als sich ihre Blicke treffen, verzieht sich die Konfektionsvisage zu einer Fresse, die schon den Austrolopithecinen bekannt gewesen sein muss, eine ursprüngliche Mischung aus

Entsetzen und Idiotie. Nicht zu sagen, was der Grund dafür ist: eine Information aus den Ohrstöpseln oder eine Erscheinung in der Gegenwart. Jedenfalls übernimmt die Amygdala und schaltet den Mann auf Flucht. Er springt durch die Passagiere, drückt eine Angestellte in kurzem Hosenjupe zur Seite. Und verliert sein mokkabraunes Mäppchen, dieser Anfänger. Wie ein Hungernder nach einem Stück Brot greift er nach seiner Ausrüstung. Woher die Panik? Jetzt noch mehr Bewegung im Wagen, und da wird klar, vor welchem Buschfeuer der Büffel geflohen ist.

Zwei Kerle stehen da. Zwei Spießgesellen in gelber Weste. Grinsend und gefräßig. Und was treiben die beiden Gnome, die gedungenen Wegelagerer? Sie filzen die Fahrgäste. Als Erstes eine Frau, die ohne Verzögerung ihren Schein zeigt, offensichtlich eine Monatskarte, worauf die Mordbuben gefällig nicken und sich zur nächsten Reihe hangeln. Dort sitzen vier Greise. Rote Köpfe vom Wein und vom Blutverdünner. Die Alten sind gesprächig und machen ihre Späße mit den Abdeckern, die halb so alt sind. Zwei, drei Sprüche werden gewechselt, das ist gut, das gibt ihm etwas Zeit.

Gestern hätte er die Sache zügig geregelt, die Strafe bezahlt und Schluss. Aber jetzt. Jetzt hat er nicht mal Papiere. Sie werden seine Personalien überprüfen, die Zentrale kontaktieren und in den Tunnels keine oder bloß eine schlechte Verbindung haben. Das Ganze wird sich verzögern, irgendwann macht sich das Mädchen von dannen. Das geht nicht. Das Universum hat zwei Büttel geschickt, die das Mädchen von ihm trennen wollen. Aber das wird nicht geschehen. Er fühlt, wie die Hitze in seinen Kopf steigt und er aufstehen will. Er kann nicht mehr sitzen und hebt schon das Gesäß, da besinnt er sich noch zwei Sekunden, bevor er begreift, dass er verschwinden muss, und endgültig aufsteht. Er dreht sich weg, geht zu den rückseitigen Treppen, zur Tür, wo er unschlüssig stehen bleibt. Der Zug in voller Fahrt. Keine Haltestelle in Sicht. Der nächste Wagen ist der Triebwagen, der Kopf des Zuges, von wo es nicht mehr weitergeht. Da kann er nicht hin. Dort sitzt er in der Falle.

Er steigt über die Treppe zurück ins obere Abteil und bewegt sich in Richtung der Kontrolleure, die er jetzt kreuzt, vierzig Zentimeter über ihren Köpfen, und wartet da. Ein paar Sekunden hält er es aus, dann geht er weiter zur Treppe, erkennt niemanden, nimmt die erste Stufe, späht wieder, noch eine Stufe – da sieht er den Saum einer gelben Weste, die unten auf die Treppe tritt und langsam zu ihm hochsteigt. Philip dreht sich um und geht zurück in das obere Abteil. Auf der anderen Seite, bei den Treppen, fünfundzwanzig Meter weit weg, erscheint die zweite gelbe Weste. Die beiden haben sich getrennt. Eine List. Eine Zange. Eine Falle. Ein Dreckspack, ein schlaues.

Schon beginnt er, nach einer Ausrede zu suchen, aber das wird nicht helfen. Im Gegenteil. Sie werden ihn bei der nächsten Station rausschmeißen, und er steht auf irgendeinem Bahnsteig wie ein Idiot. Aber er ist kein Idiot. War er noch nie. Und er wird jetzt nicht damit anfangen. Die werden gleich sehen, wozu er fähig ist.

Er bewegt sich durch den Wagen, der gelben Weste entgegen, die quer in einem Abteil steht und brav die Fahrkarten präsentiert bekommt. Ein übler, käsiger Vielfraß steckt darin, die Backen fett wie Schweinsärsche. Knapp unter der Brust ein schmaler Gürtel, an dem eine synthetische Hose einen monumentalen Hintern umspannt. Wie soll er an diesem Walross vorbeikommen? An diesem Atlas, dieser Sperre, diesem Riegel? Da bleibt kein Durchgang. Er kommt näher, noch zwei Abteile zwischen ihm und Philip, darin eine Handvoll Passagiere. Es ist aussichtslos. Philip wird sich erklären müssen. Er wird in dieses unappetitliche Gefräß reden müssen, die winzigen, emsigen Glubscher werden ihn hämisch mustern, und dann werden feiste Finger seinen Namen und seine Adresse auf einen Zettel schreiben, obwohl weder das eine noch das andere diese formlose Kreatur das Geringste angeht. Er sieht den Mann in dessen öder Hässlichkeit, die Plastikweste, die seinen widerlichen Wanst umgibt, die geröteten Bartstoppeln auf der liederlich rasierten Backe, übel, ja, aber notfalls zu ertragen, wenn nicht dieser Gestank in die Nase stechen würde, dieser säuerliche, durchgefurzte, genässte Filzgeruch, faulig, von den Sohlen aufsteigend, Schweiß und Tod, als hätte der Mann Kadaver zu schichten.

Und näher kommt er. Schon kann er auf dem Schild die Hälfte eines Namens lesen, zwei Buchstaben, J und O. Den Rest verdeckt eine Falte in dieser nach Gummi stinkenden Leuchtweste, aber was hinter diesen Buchstaben folgen mag, ist einerlei, denn J und O sind gemäß allen Belegen die beiden dümmsten Buchstaben des Alphabets. Minderwertig, wer diese Lettern in seinem Namen trägt, verloren, wer ein solches Monogramm besitzt. Philip weiß jetzt, was er tun muss. Er muss seinem Mitgefühl folgen und diesem Gnom helfen, dieser Ausgeburt der Gewöhnlichkeit, er muss ihn von seinem Fluch erlösen. Und der erste Schritt zur Befreiung ist ein trockener Schlag aufs Nasenbein. Aus einem Ozean aus Gesichtsspeck ragt ein feines Riechbälkchen wie der Mast eines verlorenen Wracks in einer Talglagune. Ein Hieb mit der Handkante auf die Mulde zwischen Nasenbein und Stirn. Das kostet wenig Kraft und ist rasch erledigt. Wenn er geschickt und rasch zuschlägt, wird niemand es bemerken. Der Wanst wird eine Weile mit seinem Schmerz beschäftigt sein und den Weg frei machen. Dann schauen wir weiter.

Ein Kreischen jetzt, ein Schreien, ein Ruck geht durch den Zug und wirft Philip fast auf den Kontrolleur, der sich verdutzt abwendet, auf winzigen Füßen Richtung Treppe wieselt. Die Bremsen singen, der Zug kommt zum Stillstand, die Türen springen auf. Philip nimmt die Stufen hinunter mit einem Satz, bleibt einen Moment auf dem Trittbrett stehen und springt auf den Bahnsteig.

Da steht er. Gerettet. Dreht sich um. Sieht die beiden Visagen, die im Zug bleiben. Noch stehen die Türen offen, aber die beiden Kerle steigen nicht aus. Bleiben einfach stehen. Glotzen doof und staunend zu Philip, er sieht den Grund dafür nicht, bis einer der beiden sich bückt und einen Gegenstand von der Treppe fischt und triumphierend hochhält. Was ist es? Es ist ein Schuh. Es ist ein Timberland. Der solide, aus hellem Leder geschusterte Freund, den er nicht geschnürt hat und der an Philips rechtem Fuß fehlt.

Er hechtet zurück zum Wagen, aber schon schließen sich die Türen, das Licht am Schalter geht aus. Es hilft nichts, dass Philip dreißig Mal drückt. Auf der anderen Seite der Scheibe erlaubt sich der Fettwanst einen Scherz, hält sich den Timberland an die Nase, verzieht das Gesicht zu einer Grimasse, und als der Zug Fahrt aufnimmt, winkt er Philip zu, der auf dem Bahnsteig steht, auf den schwarzweißen Kacheln, im

Untergeschoss des Hauptbahnhofes. Und mit nur einem Schuh.

Darauf war Philip nicht vorbereitet. Er hat den nächsten Schritt, nachdem man einen Schuh verloren hat, nie gelernt. Seine Zivilisation hat diesen Fall nicht vorgesehen. Sie geht davon aus, dass ein Schuh immer paarweise zur Verfügung steht. Und falls nicht, kauft man sich einen. Kauft man sich einen. Und falls man sich keinen kaufen kann, wendet man sich an die Bahnhofsmission. Bahnhofsmission. Vertraut sich einer Pensionärin mit Daunenjacke und schrumpeligen Händen an, ihren tröstenden Worten und dem ungesüßten Tee. Und falls man sich schämt oder falls man findet, man habe auch ohne Schuh das Recht und die Pflicht, einer Frau zu folgen, dann mag man sich an den Rat eines Überlebenskünstlers erinnern, der im Fernsehen bei allerhand Gelegenheiten, die ein wenig Abenteuerluft und Askese verlangen, über seine Erfahrungen mit nackten Füßen berichtet. Zum Beispiel im Urwald. Zum Beispiel am Amazonas. Bei dreißig Grad und einer Luftfeuchtigkeit von hundert Prozent. Schön und gut, aber er steht nicht im Urwald. Er steht im Untergeschoss des Hauptbahnhofes. Hier gibt es keine Gummibäume, aus deren Blättern man sich eine Sohle basteln könnte. Hier gibt es einen kalten Kachelboden. Was bleibt ihm noch. Er könnte das

Telefon befragen. Aber das Telefon schwächelt, Mangelerscheinungen, es knabbert an der Sieben-Prozent-Marke. Das ist der Zustand, in dem es durch eine plötzliche Belastung den Geist aufgibt. Und dann ist es kein Telefon mehr, bloß ein schwarzer Brocken. Das will er nicht riskieren. Er hat das leise und unangenehme Gefühl, dass er den Reststrom noch brauchen wird. Also was? Eine Plastiktüte. Sein Fuß braucht eine Plastiktüte, wo ist eine Plastiktüte? Da steht ein Mann, so alt wie er, dieselbe Kohorte, bis gestern dasselbe Modell Anzug, offenes Hemd, ein Dienstleister, so ähnlich, dass sie sich bisher unsichtbar waren. Und nun? Finde den Unterschied. Der Unterschied liegt in einem fehlenden Schuh. Und darauf starrt sein Doppelgänger mit offenem Mund, aber was entscheidend ist: Er trägt eine Plastiktüte vom örtlichen Dealer, der Confiserie, die an jeder Ecke einen Stützpunkt hat und unterzuckerte Dienstleister mit Stoff versorgt. Soll er ihn um die Tüte bitten? Von Bruder zu Bruder, von Kamerad zu Kamerad? Du wirst doch einem Artgenossen in Not die Hilfe nicht versagen? Gut. Bloß. Angenommen, er sei barmherzig: Da weder Klebeband noch Stecknadeln zur Verfügung stehen, wie befestigt man eine Plastiktüte am Hosenbein? Knüpft man sich aus den eigenen Haaren einen Bindfaden? Nimmt man Schnürsenkel des verbliebenen Schuhs? Damit auch der noch verlorengeht während des Rennens? Denn rennen musst du jetzt, Liebling, gib Fersengeld, dein Engel macht sich über alle Berge, also, lass ihn stehen, deinen Bruder, hopp, es geht weiter.

Eben noch ein gesundes, tüchtiges Exemplar seiner Gattung, kräftig, schnell und wehrbar, jetzt durch eine Idiotie waidwund. Philip schämt sich, aber Scham ist ein Gefühl, und Gefühle kann man ignorieren, im Gegensatz zu den schmutzigen Pfützen, die da und dort auf den Kacheln stehen und für seinen Fuß eine tatsächliche Gefahr bedeuten. Das muss er im Auge behalten. Nasser Fuß ist kalter Fuß. Sein Blick springt von den Kacheln auf ihre Pumps, hin und her. Die Passanten werden zu Zuschauern in diesem Spiel ohne Grenzen, aber niemand feuert ihn an, die Stimmung bleibt schläfrig. Es ist noch früh. Über den Bahnsteig zwischen den Gleisen 42 und 43 macht sie sich davon. Noch muss sie an den Fahrstühlen vorbei. Hundertfünfzig Meter weiter hinten die Rolltreppen, rechts und links die Tunnelausfahrten. Ein steifer Wind weht durch die Röhren in Richtung Industriegebiet. Sie hat ihr Tempo verlangsamt. Er wechselt vom Galopp in den Trab, vom Trab in den Schritt, pausiert. Verdrängt den halbnackten Fuß für einige Schritte, ordnet seine Gedanken. Etwas stört ihn. Kitzelt seine Nase. Oben, in der rückwärtigen Erschließung, im

Übergang, gibt es Kaffee. Guten, schwarzen Brühkaffee. Ein starkes Tonikum. Den hat er vorgestern erst getrunken. Vorgestern. Das ist lange her, aber noch erinnert er sich an die Plauderei mit diesem Menschen aus Feldkirch. Der hat seine Pension in eine Liegenschaft gesteckt, die es nur in den bunten Plänen eines Hochstaplers gab. Dann war sie weg, die Alterssicherheit. Deshalb sitzt er auf einem Lammfell und dient dem morgendlichen Pendlerverkehr mit Kaffee im Styroporbecher. In seiner Herzensgüte serviert er als kleines Dankeschön Bruchschokolade auf einem Partyteller. Die Stücke liegen dort seit dem letzten Schaltjahr. Niemand kennt die Herkunft dieser gräulichen Ecken, niemand kennt den Jahrgang, niemand fasst sie an. Aber heute hat die Stunde geschlagen. Heute wird's gefressen, das Schokolade. Heut wird der Teller leer, und morgen gibt's dann gutes Wetter. Ratzputz.

Er rechnet. Der Stand ist eine Etage höher. Wenn alles gut läuft und der Vorarlberger nicht bummelt, hat er in einer halben Minute seinen Kaffee. Falls keiner in der Reihe steht. Niemand geht zum Feldkirchner, alle rennen zum Italiener, der kein Italiener, sondern Kroate ist und für vier achtzig weißen Schaum verkauft, die Illusion des Mezzogiornos, den Geschmack des Südens. Eine halbe Minute. Hat er eine halbe Minute? Er hat keine halbe Minute. In einer halben Minute ist sie über alle Berge. Dreißig Sekunden im morgendlichen Berufsverkehr sind dreißig Ewigkeiten. Sie hat viele Möglichkeiten, den Bahnhof zu verlassen. Nach Westen in Richtung Postgebäude, nach Osten zum Fluss und schließlich südlich Richtung Industrie. Jeder Ausgang gabelt sich drei Mal, und jeder der drei Äste hat wiederum drei Gabeln. Drei mal drei mal drei mal drei undsoweiter. Das sind mehr Möglichkeiten, als das Universum Atome hat. Also keinen Kaffee. Keine österreichische Schokolade.

Vor sich hat sie fünfzig Meter Bahnsteig, dann eine vierzehn Meter lange Rolltreppe. Falls sie ihr Tempo beibehält, braucht sie achtzig Sekunden. Mit einem Sprint kann er ihr dreißig abnehmen. Der schuhlose Fuß bremst ihn, aber er bremst nicht entscheidend. Allerdings wird er sie überholen müssen, und etwas sträubt sich in ihm, die Frau im Rücken zu haben. Also was? Eine Schwade Kaffeeduft weht durch die Halle und in seine Nase. Die Beine, ohne das Großhirn zu konsultieren, setzen sich in Bewegung. Ein Schritt, der nächste, er rennt.

Er ist jetzt nicht mehr da, nicht mehr auf dem Bahnsteig, nicht mehr in diesem Märzmorgen. Er steht tief in seinem Atem, die Lungen kratzen, als hätte man Sand über die Bronchien gestreut. Seine Ohren pfeifen, kleine weiße Funken tanzen, unterzuckert und von Adrenalin geflutet, mit trockenem Mund und am Körper das Gefühl von vierundzwanzig Stunden alten Kleidern. Aber das gute alte Pferd, auf das er sich verlassen kann, trägt ihn weiter, der einsame Timberland an seinem rechten Fuß macht einen Schritt nach dem nächsten, quietscht auf dem Granitboden und zieht tapfer den huflahmen Klepper mit. Er kommt ihr näher und näher, weicht nach links aus, will sie mit gewissem Abstand überholen, es ist vollbracht, ein Schatten, der an ihm vorbeizieht, ein Geruch, Maiglöckchen vielleicht. Dann hat er die Rolltreppe vor sich. Er ist plötzlich unsicher, auf welche er sich stellen muss. Welche fährt nach oben, welche kommt nach unten? Ein grünes Licht, ein rotes Licht, ja, aber welches gilt für welche Bahn? Er kneift die Augen zusammen, das Moiré der gerillten Stufen lässt Erscheinungen erstehen, Fliegenschwärme, lebendige Haufen, Gewusel in der gekachelten Tiefe. Er schwankt, stürzt ein paar Schritte, steht dann an den Handläufen, greift sich einen, die Hand wird gegen seinen Körper nach unten gestoßen, er reißt sich hoch, nimmt die Einfahrt mit dem grünen Pfeil, erlebt, wie sein müder Körper beschleunigt wird. Er fährt. Wird in die obere Etage gehoben wie ein braves Schaf.

Jetzt. Jetzt kann er sich umdrehen. Sie muss hinter ihm sein. Noch nicht auf der Rolltreppe, aber im Anmarsch. Er nimmt ein paar Stufen. Das Metall unter dem linken Fuß ist unangenehm kalt. Er spürt die Rillen. Er hat Zeit, die obere Etage ist zehn Sekunden entfernt. So stehen sie. Er vorne, oben, die Frau, deren Gesicht er noch nicht gesehen hat, hinter ihm.

Und als er bemerkt, wie sie ihre Füße auf das Band setzt, mit einer kleinen Verzögerung, um den richtigen Moment zu erwischen, die Mitte einer Stufe, dieser Tanzschritt, den sie vollbringen muss, als er spürt, wie sie da ist, zur Ruhe gekommen ist für diesen Moment, von der Maschine erfasst, dieser Mechanik aus Rollen und Klappstufen, in dieser einen Bewegung, die Rechte schon auf dem Laufband, als er die Gelegenheit hat, den Preis für die fünfzehn Stunden einzuheimsen, als er sich umdrehen könnte nach ihr und sich erlösen, da bleibt er reglos stehen. Starrt nach oben. Er will sie sehen, ja es gibt nichts, was er sich sehnlicher wünscht. Ein Dutzend Stufen noch bis zum Ende der Rolltreppe. Er sollte sich jetzt umdrehen, bald ist die Gelegenheit vorbei. Er fährt. Regt sich nicht. Was wird sie jetzt von ihm denken? Sieht sie ihn? Ohne Schuh? Wird sie ahnen, dass er den ihretwegen verloren hat? Oder hält sie ihn einfach für einen Verrückten, einen der Abgerissenen, einen Auswurf der Stadt? Wie nah sie sich sind und wie entfernt. Dreh dich um. Erlöse uns. Du wirst wissen, mit welchem Blick sie die Welt betrachtet. Und falls sie dir gefällt, dann sprich sie an. Und wenn sie dir nicht gefällt, geh deiner Wege. Darum geht es doch. Sieh sie an, um Gottes willen. Was ist auch dabei? Aber du kannst nicht. Du hast Angst. Angst vor ihrem Blick. Dass sie es nicht wert war. Die letzte Nacht. Die Verfolgung. Solange sie ein Geheimnis bleibt, so lange kannst du glauben. Wenn du ihr Gesicht siehst, wirst du alles wissen und nichts mehr erfahren. Du wirst ihr Gesicht entschlüsseln. Du wirst deuten. Und wenn du deutest, dann siehst du nicht mehr. Du wirst wissen, was sie denkt. Wie sie die Welt anschaut. Du wirst verstehen, aber du wirst nicht mehr sehen. In allen Dingen muss ein Geheimnis bleiben, das uns zum Sehen bringt. Was wir verstanden haben, ist verloren.

Im Rennen greift er in seiner Hosentasche nach den Münzen, hastet nach links zum Kaffeestand, wo eine Person mit Lederhut und Poncho steht, dürr wie der Tod. Kommt nicht klar mit dem Kleingeld. Flachst mit dem Feldkirchner. Kramt in der Börse und hält die Welt auf. Muss da weg. Und zwar jetzt. Geht aber nicht weg. Das Mädchen tritt von der Rolltreppe. Ein Tritt in die Stelzen würde helfen, fein sauber in die Kniekehle, und weg ist das Gerippe. Es dauert. Der Samariter hinter dem Tresen macht keine Anstalten, die Sache zu beschleunigen.

Da bequemt sich der Puebloindianer, der Handel kann vollzogen und der Kaffee geliefert werden, aber warum braucht so eine Menschsperson überhaupt Kaffee? Die braucht keinen Kaffee. Und falls doch, kann sie sich einen anderen kaufen. Sie stellt den Becher auf den Tisch, aber da bleibt er nicht lange, denn er nimmt den Kaffee, sagt Danke und geht weg.

Blöde Visagen bleiben blöd, da gibt es nichts zu machen. Ein offener Mund und zwei weite Glotzerchen, so wird das Mensch am Stehtisch zurückgelassen. Ohne Kaffee.

Er trinkt im Gehen, er trinkt in großen Schlucken. Die heiße Brühe verbrennt seinen Mund, aber die Wirkung ist betörend. Von einem Moment auf den anderen kann er wieder denken. Er ist hier. Er ist wach. Guten Morgen. Es geht weiter. Ein bisschen.

Hat er je in seinem Leben eine Schwäche gehabt für Vollkornsandwiches oder Kiwi-Karottensäfte? Wer kann weiße Drehhocker und Furniertische mögen? Der Boden leuchtet graublau, alles ist frisch geputzt: Die Wände, die Böden, sogar die beiden Pappkameraden hinter der Theke. Zwei Abendstudenten, die sich etwas dazuverdienen, stehen in gebügelten Poloshirts und halten ihre gebleichten Stockzähne feil. Allmorgendlich versuchen sie, so frisch auszusehen wie das Obst in der hellweißen Glastheke. Das ist ihre Übung. Zwei leistungsbereite Plastikgesichter, ausrasiert bis zu den Ohren, ein Männchen und ein Weibchen, die nebeneinanderstehen wie ewige Geschwister. Sie schauen ihn an, aber sie sehen ihn nicht, ihre Blicke gehen durch ihn hindurch, sie ignorieren ihn nicht einmal. Ein reflexhaftes Nicken, das ist alles, zur Aktion fühlen sie sich nicht gerufen, denn hier herrscht Selbstbedienung. Er setzt sich gleich an den ersten Tisch und muss aufpassen, dass er nicht nach hinten von diesem Drehstuhl fällt, ein Drehstuhl, dessen Sitzfläche anorektischen Asiatinnen genügen könnte. Aber er. Neunzig Kilo schwer. Nicht für ihn. Er soll hier nicht sitzen. Niemand soll hier sitzen. Sich niederlassen. Man soll in demütiger Haltung seine Schale leeren und umgehend wieder abzischen. Er versteckt seinen schuhlosen Fuß unter dem Miniaturtisch.

Das männliche Exemplar der beiden Futterwächter nimmt jetzt Witterung auf. Hebt die Nase, spürt, hier ist etwas nicht in Ordnung. Ein fremder Geruch hängt in der Luft. Ein Geruch nach Socke, nach Käse. Und geronnene Milch hat nichts zu suchen in der asiatischen Küche. Aha, da ist ein Mensch hereingekommen. Kein frischer Mensch. Die Haare strähnig ungekämmt, das Hemd hängt über einer zerknitterten Hose. Das Männchen legt den blauen Lappen, mit dem es gerade über die Anrichte gefahren ist, zur Seite und nimmt einen anderen, den roten und geht zu den Tischen, wischt den einen pro forma ab und glotzt ihm mitten ins Gesicht.

Kann ich etwas für Sie tun?, fragt er.

Ein Glas Wasser bitte, antwortet er, und so tranig er gerade noch den Gast bestaunte, so flink und servil düst er jetzt ab. Über die Theke hinweg gibt er die Bestellung weiter. Sein Gegenüber dreht den Kopf, der hochgesetzte Pferdeschwanz wirbelt herum, und hier nun geht die Tür auf und die Teilnehmer eines Fachseminars für das mittlere Touristikmanagement bringen den Morgen in das panasiatische Lokal.

Der Fremdenverkehrsangestelltenverein Bezirk Oberland kommt durch die Tür, fröhlich schwatzend und in zweckmäßiger Garderobe, alle in buntem Fleece. Die eine Hälfte bequem und ohne Spannung, eingeweicht von Betablockern und Benzodiazepinen, mit Glück durch den Winter gekommen. Die andere Hälfte hat sich ertüchtigt, beim Skilaufen oder in Gewaltmärschen mit Stockeinsatz an den Flussufern, ist braungebrannt und rotnasig. Acht Menschen jenseits des Alters, in dem man sich noch Hoffnungen auf Karriere macht. Der Zug hat sie zu früh abgesetzt, noch tragen sie den Geruch des Umlandes auf sich. In zwanzig Minuten geht's ins Neonlicht des Kurslokals, zu den Präsentationen und Gruppenübungen, damit sie zu Hause, bei den Bergbahnen und den Eventvermarktern, wieder wissen, dass nur jener gut verkaufen wird, der sich ein Lächeln ins Gesicht zu montieren weiß. Sie machen sich breit wie invasive Neophyten, zwitschern und necken und lästern über Abwesende. Immerhin beschäftigen sie die beiden Gastronomen. Er wechselt an einen Tisch am Fenster, Rücken zum Tresen. Seine Kehle brennt, er müsste jetzt was trinken. Das Wasser ist nicht in Sicht.

Draußen liegt die Straße im Schatten, die Läden noch dunkel, nur bei einem Frisör aus Abidjan sitzen Ladies beim Tee und lassen sich die Haare richten. Vor sechs Minuten ist das Mädchen in ein Gebäude mit Fenstern wie Froschaugen verschwunden. Bis Mittag wird sie da vermutlich bleiben. Eine hübsche Kantine werden die da haben und einen Raucherbalkon, den glaubt er auf der Ecke sehen zu können. Kein Grund, das Nest zu verlassen. In den Froschaugen sitzen Angestellte an ihren Schreibtischen und starren auf die Schirme. Headsets, das Mikrofon knapp vor dem Mund. Ist das eine Telefonierbude? Welche Branche? Was machen die da? Was wird hier produziert? Zu welchem Fähnlein gehört das Mädchen?

Biegt ein Typ mit zu kurzen Hosenbeinen um die Ecke. Einer mit Achtzig-Franken-Schuhen, einer, der zum Frühstück Incarom trinkt. Dem erlaubt man keinen visuellen Kundenkontakt, das wäre geschäftsschädigend. Von ihm hört nur, wer einen Zahlungsaufschub braucht. Telefonisch. Inkasso. Der stückelt Rechnungen in Raten, der schneidet Scheiben ab vom Fleisch, bis er auf dem Knochen ist. Der feilscht um

Franken, einer, der Pleitiers noch die Modelleisenbahn abknöpft. Einer, der saubermacht bis zum Existenzminimum, der Mann vor der Lohnpfändung. Er kennt die Sorte. Kleine Henker, Schindknechte, eingesetzt, zu quälen, als Werkzeuge die Schuldscheine, die offenen Rechnungen, das Konkursrichteramt, der Privatabschiss. Und natürlich die schnarrende Stimme, die spitzen Vokale, die Zischlaute. Stellen das Telefongespräch auf Lautsprecher und klopfen mit dem Kugelschreiber auf den Tisch. Hängen den Anrufer in die Warteschleife. Das sind ihre Tricks. Diese Buden haben die übelsten Warteschleifen des Universums, grässliche Viertonmusik, genau wie jene aus den musikalischen Geburtstagskarten. Nach fünfzehn Sekunden ist man tot. Man will den Hörer ablegen und tut es nicht aus Angst, das Gespräch könnte einseitig beendet werden ohne Ergebnis. Und was dann kommt, der Konkurs, braucht keine Begleitmusik mehr.

Er bleibt nicht alleine. Da kommen andere und schleichen hinter ihm her. Drei in etwas besseren Anzügen. Die Krawatten kross gebunden, den Schopf streng gekämmt. Mindere Wirtschaftsanwälte oder Versicherungsrealistiker. Von anderer Sorte als jene Frau, die hinter ihnen über den Parkplatz schlurft. Um die Schulter eine zerbeulte Sporttasche, prall gefüllt mit Gott weiß was. Eine Alleinerziehende auf dem Weg zum Frühdienst. Raucht ihre Zigarette auf und verschwindet hinter den Geduschten im Gebäude. Ein bunter Haufen, der da in die Mine fährt. Die sind nicht synchronisiert. Also kein Firmensitz. Dieses Haus hat viele Zimmer und viele Mieter. Ingenieurbüros, Logistiker, Buchhaltung, Call-Center, vielleicht sogar Import/Export. Im Hof scheint es eine Druckerei zu geben. Viele Möglichkeiten, wie das Mädchen seinen Tag verbringen könnte. Aber nichts will passen. Das Haus hat keine Klasse. Die Göttin verlangt einen Tempel. Eine Etage als Reich. Die Königin braucht Auslauf. Sie hat ihren Gang, sie übt ihn, das hat er gesehen. Unmöglich, sie den ganzen Tag an einem Tisch zu wissen. Sie arbeitet gehend, von einem Zeichentisch zum anderen tretend, mit einem Bleistift an den Lippen. Was sonst? Empfängt sie Kunden? Räumt sie Dossiers von den Büros in die Aktenschränke? Bereitet sie das Sitzungszimmer vor? Arrangiert sie Obst? Wechselt sie das Blumenwasser? Dient sie mit einem Lächeln und ihrem wippenden Gang? Vollkommen egal. Solange er sie im Blick hat. Und gerade das hat er nicht. Das macht ihn unruhig. Aber gleichzeitig weiß er, wie unwahrscheinlich es ist, dass sie unbemerkt das Haus verlässt. Er muss einfach den Eingang im Blick behalten. Oder ist sie vielleicht auf Arztbesuch? Gibt es da einen Physiotherapeuten oder einen Kontaktlinsenspezialisten? Ausgeschlossen. Hier wird geackert und nicht gejätet. Wenn sie das Haus im Laufe des

Vormittages verlässt, dann bloß für eine Sitzung, auf einem Amt vielleicht. Im schlimmsten Fall haut sie für eine Stunde oder zwei ab in die Verwaltungsgebäude auf der anderen Seite des Flusses, in die Baudirektion oder ins Stadtarchiv, brütet über Zonenplänen, Bauvolumen, katasterkonformen Erschließungen.

Was bleibt noch? Außendienst. Das könnte sein. Gibt es eine Tiefgarage? Von hier aus sieht er keine Zufahrt. Vielleicht steht der Firmenwagen auf einem Außenparkplatz im Innenhof. Hundertzwanzig PS, um die Kunden abzuklappern. Nicht ausgeschlossen. Dann wäre sie bis abends weg. Aber sie wird zurückkommen, so oder so, den Wagen zurück in den Hof stellen, im Büro die Aufträge ablegen oder in die Prozesse einspeisen. Vielleicht verkauft sie Liegenschaften. Vielleicht baut sie Liegenschaften. Vielleicht führt sie Hinterzimmergespräche über Energiefragen oder Kommunikationsstrategien. So eine kleine, eloquente Einschmeichlerin, die mit flinken Fingern in Statistiken blättert, um mediale Reichweiten zu belegen.

Hinter ihm jetzt eine mittlere Aufregung. Die Touristik steht da mit ihren Tabletts und sucht sich Sitzplätze. Das geht nicht ohne Schwierigkeiten. Die informelle Rangordnung, die sich seit Montag, seit Kursbeginn, eingestellt hat, will befolgt werden. Keiner wagt sich vor. Keiner setzt sich. Ein Kommando wird erwartet. Leider ist die Hierarchie nicht verfestigt, und so tanzen sie. Bitten einander, den gewährten Vortritt anzunehmen, deuten mit ihren Nasen auf leere Stühle, jeder zögert, keiner traut sich, weil niemand sieht, wie alle um einen Tisch vereint werden könnten. Es fehlen Stühle. Kombinatorisch unlösbar. Das begreift jeder. Und auch, wer das Problem verursacht. Wer den entscheidenden Sitz blockiert. Einerlei, wie sich die Gruppe auch setzen wird, sie werden sich um ihn versammeln müssen. Um einen Mann ohne Schuh am linken Fuß.

Da macht sich einer mit Bürstenschnitt zum Leithammel und setzt sich mit einem Ist-noch-frei? genau ihm gegenüber, mit einem schamlosen Grinsen, gefolgt von seinem Adjutanten, einem ernsten jungen Mann mit oranger Polyesterkrawatte unter dem Fleece in Anthrazit. Der Rest des Schwarms lässt sich nun auch nieder, und er findet sich in einem Geplauder wieder.

Sie schwatzen in den Morgen hinein, der Kaffee macht sie munter. Einer schüttelt sich, eine andere gähnt, eine ist seit fünf Uhr wach, hat in diesen ersten Stunden schon alles gesehen und will jetzt davon berichten. Sie beginnt bei den Frühstücksproblemen mit ihrer Tochter, was eine Diskussion in Sachen Jugend zur Folge hat, mit den üblichen Beschwerden und den gewohnten Episoden zwischen Badezimmer und Kinderärzten. Jeder darf sich beteiligen, und man merkt, wie ihnen das Koffein in den Kopf steigt und wie unauffällig die Plätze auf der Leiter eingenommen werden. Einer, der sich seine Sprosse sichern will, wärmt eine Geschichte vom Vortag auf, offensichtlich unangenehm und unausgeräumt. Ihm gegenüber verzieht ein Typ das Gesicht, dass man sich Sorgen um die Brille machen muss, die auf der Nase kaum noch Halt findet.

Ich habe recht gehabt, sagt er dann, es tut mir leid, wenn das gewisse Fachkräfte nicht einsehen wollen. Kurze Pause. Er würde sich anbieten, fährt er dann fort, jenen, die zur späten Einsicht kommen wollten und eine detaillierte Erläuterung wünschten, als Experte mit zweiunddreißig Jahren Berufserfahrung die notwendigen Auskünfte zu erteilen.

Die Reaktion darauf: eisig. Der Mann hat viel riskiert. Gemäß seinem Status steht ihm das nicht zu. Keiner wagt ein Wort. Und in diese Stille hinein fallen plötzlich die Blicke auf einen, der als ungebetener Zeuge dabeisitzt, vor dem man seine Interna nicht austragen will. Ein Mann, der schlecht geschlafen hat. Das erkennen sie jetzt. Und es macht ihnen Angst. Sie hätten sich nicht setzen dürfen. Eine schlechte Vorbereitung auf ihr Seminar.

Der Leithammel sieht seinen Fehler ein und legt die Ohren an. Der Dachs mit der Polyesterkrawatte stellt die Tasse ab. Immer noch kein Wort. Eine, die nichts begriffen hat, gibt einen Blödsinn von sich. Sie wird gleich niedergezischt. Der Leithammel macht die Augen eng, was ihm nicht steht, der Bürstenschnitt weicht noch weiter aus der Stirn, der Schädel produziert Vorbau, die Kinnlade klappt nach vorne, der Mund verkniffen, die Lippen legen sich an die Zähne, er hüstelt drei Mal und will Luft holen, seine Attacke auf den Fremdling starten, aber sein Adjutant rollt zur Seite und macht eine Bewegung zu viel, lässt seinen Oberkörper hängen und schleicht sich aus dem Dienst. Verrat. Fahrerflucht. Der Leithammel zuckt zusammen und verliert jede Courage. Wie ein Bratschlauch fällt er zusammen, während er weiter unbewegt hinüber zum Froschhaus späht mit einem einmaligen Seitenblick auf dieses nackt geschorene Lämmchen. Das trollt sich jetzt, steht von der Bank auf, greift sich die Tasse, die er gleich darauf wieder abstellt, der Adjutant gesellt sich wieder an seine Seite. So stehen sie. Bereit zum Rückzug.

Die Gruppe kommt ins Rutschen, die Nachzügler trinken hastig aus, einer stopft sich den Rest des Blaubeermuffins in den Mund, dann hinaus, hinaus, nur weg, ohne Blick zurück.

Die asiatische Tiefebene liegt verwaist. Auf dem Flatscreen demonstriert eine Chinesin stumm die ersten Schritte zum Fächer-Kung-Fu. Vor sich auf dem

Tisch halbvolle Tassen, aufgerissene Zuckertüten, tote Teebeutel in abgelegten Löffeln zwischen Muffinkrümeln, der Abhub, wenn die Touristik sich aus dem Staub macht.

Draußen ist der Berufsverkehr verebbt, die Leute haben ihre Plätze eingenommen bis mittags, bald werden die Bauarbeiter sich zum zweiten Frühstück setzen. Der Morgen ist frisch, aus dem Tag könnte etwas werden.

Das denken sich auch zwei geschniegelte Fischer aus Salt Lake City, die vor dem Fenster auf dem Gehsteig Maulaffen feilhalten, die schwarzen Namensschilder auf dem Aufschlag. Fabelhafte Exemplare. In Ewigkeit gut gelaunt. Zwei Aspiranten im Konfirmandenanzug, aber worauf sie es abgesehen haben, ist nicht auszumachen. Er fragt sich, wer auf diese Seelenfänger reinfällt. Wer kann so am Ende sein? Nicht an einem gewöhnlichen Mittwochmorgen in diesem Teil der Stadt. Sie sollten in die Altersheime. Ein paar Omas trösten. Dort findet sich die Einsamkeit, in der alleine das Gottvertrauen wächst. Dort gibt es Tränen für ihre gebügelten Taschentücher. Und für die Jungs eine Tasse Tee und ein Butterbrot, zwei Schwiegersöhne mit einer Fahrkarte ins Gnadentum.

Eine Nachricht. Die Fluggesellschaft meldet, er sei für den Flug Donnerstagfrüh um halb neun nach Madrid eingecheckt. Sitzplatz 19A. Vera ist im Dienst. Er meldet sich in zwei Sätzen von der Arbeit ab. Er werde heute nicht ins Büro kommen. Fühle sich nicht besonders. Wolle sich ausruhen. Damit er morgen frisch sei für seine Senioren. Sie antwortet umgehend, mitfühlend. Will noch wissen, wie es mit Hahnloser gegangen sei. Davon später, schreibt er. Sie schickt ein kurzes O.K. Damit hat es sich. Alles organisiert. Die Depesche war energieneutral, der Akku weiterhin bei vier Prozent. Das macht ihm Mut. Soll er sich bei Belinda melden? Kurz die Atmosphäre beruhigen? Besser keine schlafenden Hunde wecken. Sie wird nichts Falsches machen, das kann sie sich nicht leisten.

Vorne am Tresen biegt Bruce Lee um die Ecke. Die Hemdstöße bis über die Ellbogen hochgekrempelt. In Nachahmung der Chinesin mit den Fächern tänzelt er um die Tische. Auf wen hat er es abgesehen? Wen hat der Drachenkrieger ins Visier genommen? Gegen seine Meisterin wendet sich die Todeskralle, mit einem Infrarotstrahl schickt er sie ins Nichts. An ihrer Stelle erscheint ein gelbes Ambulanzflugzeug auf dem Bildschirm. Der Ton immer noch ausgedreht. Schnitt. Ein Reisebus liegt im Straßengraben. Rettungskräfte. Ein lebloser Körper. Ein lebloser Körper unter einer Wärmedecke. Polizeiwagen. Ambulanzen. Ein gelbes Zelt. Ein Leichenwagen. Er kennt diese Straße. Es ist die Straße zwischen La Pasadilla und Cazadores, Gemeinde Ingenio.

Er ist jetzt aufgestanden.

Steht vor dem Bildschirm und liest die Banderole unter den Bildern. Busunfall auf Gran Canaria. Ein Toter. Neun Schwerverletzte. Opfer in ihre Heimat überführt. Schnitt. Das Hotel in Tejeda. Wo er seine Senioren treffen wird. Was soll das? Eine Seniorengruppe, antwortet Bruce. Stammten aus der Gegend. Wandervögel. Der Bus kam von der Straße ab. Wann war das? Schon Montag. Sind Sie sicher, dass es Ihnen gutgeht? Bruce hat seinen linken Fuß ins Visier genommen. Vielleicht sollten Sie jemanden anrufen.

Gute Idee. Vera. Sie soll das klären. Er schreibt ihr eine Nachricht und sieht zu, dass er nach draußen kommt.

Dort warten die beiden Missionare vom Salzsee leicht nach vorne gebückt, bei jedem Gruß ein Nicken mit dem Kopf. Was wollen sie? Nichts, gar nichts, bloß ein wenig Zeit, um über die Gute Nachricht zu plaudern. Er sei doch sicher in Not. Aber die Not sei keine Schande, im Gegenteil, sie sei ein Zeichen der Gnade. Ob er die Geschichte von Abram kenne, der von Gott Auserwählte, der Ur verließ für Haran, Haran verließ für Kanaan, wo er umherzog mit seiner Frau und dem Neffen Lot, den er das Tal am Jordan wählen ließ? Er sei doch ein moderner Mann. Ob er denn wisse, dass man in den Königsgräbern von Ur nicht nur Schmuck und Kriegswagen, nicht nur Tonkrüge und Geschmeide, sondern auch die Skelette von Dienstleuten gefunden habe. In der privaten Kammer 1237 seien die Forscher auf die Überreste von vierundsiebzig Menschen gestoßen. Sechs oder sieben Männer an der nordöstlichen Wand, daneben annähernd siebzig aufwändig gekleidete Frauen. Manche von ihnen wiesen kreisrunde Schädelfrakturen auf, ob er das gewusst habe? Vermutlich hatte man sie mit einer Axt aus Bronze zu Tode gebracht, aber keiner von ihnen sei verloren, denn der Herr habe ein Haus errichtet, in dem viele Zimmer seien, so erzählt jetzt der eine mit den blonden Haaren, ein Sportler mit blassen Augen, das Gesicht rot und rund wie ein Apfel.

Hat er Zeit für Legenden? Nein er hat nicht einmal Zeit für seine Erlösung. Aber so sieht es aus, wenn das Universum seine Dämonen schickt. Wenn alle Teufel der Unordnung losgelassen werden, jeder Zufall, jeder Augenblick sich gegen ein Vorhaben verschworen hat. Niedere Spießgesellen, das Fußvolk der Ignoranz, ausgesandt, ihn von seinem Weg abzubringen. Aber in einem haben sie recht. Er braucht ein Paar Schuhe, so oder so. Nicht einmal ein Paar, bloß einen einzigen, linken Schuh.

Jetzt hat der Regen eingesetzt, es ist kalt geworden, zwischen die Tropfen mischen sich feiste Flocken. Er flüchtet sich in einen Hauseingang, stellt den rechten

Fuß auf den linken. Er blickt um sich. Kein Schuhladen, nirgends. Bloß eine Halle für Konkursware, Körbe mit allerhand Plunder stehen auf der Straße. Das will er sich näher ansehen. Er hüpft über die nasse Straße, aber er hat nicht genug Kraft in seinem linken Bein, und noch bevor er den Laden erreicht hat, muss er seinen Fuß aufsetzen. Nass, kalt, ekelhaft.

Die Körbe sind mit asiatischem Plunder gefüllt, Kartonboxen mit elektrischen Pfeffermühlen, Schraubenziehersets, Lichtorgeln für die Handtasche. Ein Korb mit Plüschtieren liegt auch dazwischen. Kühe, die ihre roten Zungen aus den Mäulern hängen lassen. Herzallerliebste Welpen. Quietschgelbe Küken. Aber es sind keine gewöhnlichen Plüschtiere, es sind Pantoffeln, dicke, flauschige Hausschuhe, mit denen man sich an Winterabenden auf das Sofa setzt und einen romantischen Film genießt, alleine oder mit jemandem, der einen bedingungslos liebt oder dem man so endgültig egal ist, dass er einen auch mit ein paar Plüschtieren an den Füßen liebt.

Das ist nicht das richtige Schuhwerk für einen Mittwoch im März. Vor allem nicht, wenn man einer Frau hinterherläuft. Immerhin hat dieses famose Schuhwerk Antirutschsohlen, ziemlich dicke sogar, und das ist besser als eine aufgeweichte Wollsocke.

Im Laden steht eine Frau, eine Zwergin. Reicht kaum bis über den Ladentisch. Als sie sich einen Moment wegdreht, zögert er einen Moment. Das Krokodil gefällt ihm am besten, aber das Grün ist zu auffällig, doch als er aus dem Laden ein Geräusch hört, greift er aufs Geratewohl in den Plüschhaufen und macht, dass er wegkommt.

Er rennt zurück zu seinem Hauseingang, setzt sich auf den Treppenabsatz und schaut sich an, welche Viecher ihm da zugelaufen sind. Schwer zu sagen. Mischwesen. Mutanten. Spitze Schnauzen, runde Ohren. Ah, da steht es, gestickt unter den Ohren. Es wollen Grauhörnchen sein, Squirrels, aber das Grau ist zu himmelblau geraten. Ein Pärchen. Willy, das Männchen, und Silly, das Weibchen. Er beißt den Nylonfaden durch. Für immer getrennt. Wer darf an den Fuß? Silly natürlich, sie hat die Herzseite. Furchtbar bequem, flauschig und weich. Aber was geschieht mit Willy? Er ist überzählig. Für ihn gibt es keine Verwendung. Mitnehmen? Er ist zu groß. Willy muss zurückbleiben. Da schaut er traurig. Er wird in einem Hauseingang liegen bleiben, alleine, bis ans Ende der Tage.

Eine Entführung bleibt selten unbemerkt. Die Zwergin ist aus dem Ramschladen auf die Straße getreten und sucht nach ihren Tieren. In der Hand eine Druckluft-Alarmpfeife. Blick in seine Richtung und das hohe B gellt mit neunzig Dezibel durch die Straße. Er muss sehen, dass er wegkommt. Aber wohin?

Ohne lange zu überlegen, rennt er auf das Froschhaus zu. Als Grauhörnchen ist Silly eine Enttäuschung. Man hätte Fluchtverhalten erwartet, aber sie krallt sich verzweifelt an seinen Fuß, und er muss seine Zehen einkrümmen, um sie nicht zu verlieren. Hinter sich die Pfeife, ziemlich nahe. Mit Silly kommt er nicht weit. Er braucht einen anderen Plan. Er braucht ein Versteck. Einen Winkel. Am Rande des Parkplatzes, zwischen zwei Blumenkisten gibt es eine Nische, in die er sich verzieht. Nicht viel Platz, bloß einen Arm breit, aber es reicht. Er lehnt sich gegen eine kleine Mauer, die einen Abfallcontainer einfasst, rechts von ihm eine Kiste, links von ihm eine Kiste, jede bepflanzt mit einem halbhohen Kraut. Hier bleibt er unentdeckt. Hofft er.

Eine Weile ist es ruhig. Die Pfeife ist verstummt. Fürs Erste ist er gerettet und in Sicherheit. Nur Silly geht es schlecht. Das Fell durchnässt, und eine Naht ist offen. Die rosa Schaumstoffeingeweide quellen aus dem Bauch. Tut mir leid, kleine Grauhörnchendame, tut mir wirklich leid.

Die Sicht auf das Geschäftshaus ist frei, er sieht das Eingangsportal, den gläsernen Windfang, wo es ruhig geworden ist. Der Hausmeister zieht seine Runden. Eine Putztruppe kümmert sich um die Scheiben. Er weiß nicht, wie viel Zeit vergeht. Aber sie vergeht. Er könnte sich das Haus ansehen. Von innen. Er hat keine bösen Absichten, er ist bloß ein Schatten, der vor der Tür wartet wie ein Aussätziger und nicht ins Haus darf. Warum eigentlich nicht? Warum geht er nicht einfach hinein und schaut, ob er sie findet? Das ist nicht verboten. Was hat das Haus? Sechs Stockwerke? Er beginnt im Dachgeschoss und arbeitet sich nach unten. Und was, wenn er sie findet? Was soll er ihr sagen? Er wird sie erschrecken. Sie wird ihn für einen Verrückten halten. Eine Bedrohung. Sie wird die Polizei rufen, nicht sie selbst wahrscheinlich, sondern ein hilfsbereiter Kollege. Davon gibt es da bestimmt eine Menge. Kerle, die darauf brennen, sich vor das Mädchen zu stellen. Man wird ihn hinauswerfen. Ohne Zweifel schnurstracks zurück auf die Straße stellen. Da kann er sich die Mühe sparen. Und gleich hier auf sie warten.

Die Sonne steigt höher, aber in seinem Winkel bleibt es schattig. Er hört den Verkehr als stetiges Brausen, manchmal zerrissen von einem Martinshorn, er hört Rufe, Rufe nach Geld oder nach Hilfe, Kinder, die schwatzen und die er fürchtet, weil Kinder, Katzen gleich, jede Ecke aufstöbern.

Stets habe ich Menschen bewundert, von denen man sagt, sie seien kurzentschlossen. Ich selbst dachte zwar gründlich, aber ich dachte auch langsam und umständlich. Viel zu lange hatte mich die Frage aufgehalten, warum Philip dieser Frau folgte, was er sich dabei dachte, wünschte, welchen Vorteil er sich erhoffte, hin und her im Kreis herum. Dabei lag die Antwort offen zu Tage. Warum sah ich sie nicht? Auch ich leide an Eitelkeit; auch ich gebe nicht gerne zu, dass mein Lebensstil dem Zeitgeist folgte. Und der Zeitgeist jener Tage befahl Kontrolle, und wie jeden Menschen hielt ich auch Philip für seine Taten für verantwortlich. Er entschied, entschied mit seinem Willen. Die Welt war, was er aus ihr machte. Er unterlag keinem Zwang. So dachte ich. Und so kam ich keinen Schritt weiter. Ich dachte nach der Stoa oder nach den fernöstlichen Geisteslehren, was auf dasselbe herauskam. Bekämpfe deine Leidenschaften! Unterdrücke die Triebe! Sie machen dich unglücklich! Ich kontrollierte meine Gedanken, ertüchtigte den Körper, hielt den Haushalt in Ordnung, den Genuss in Grenzen, vermied es, meine Säfte mit fettigen Speisen und Zucker in Wallung zu bringen. Unerledigtes führte ich in Listen, trank täglich drei Liter frisches, klares Wasser, mied Fleisch, vor allem Rotes, hielt mich an Fisch, führte Gespräche gewaltfrei, strebte nach Situationen, die niemand als Verlierer verließ, und führte alles in allem ein Leben in Bescheidenheit und Mäßigung. Obwohl ich mir jede Ausschweifung hätte leisten können. Aber gerade weil ich die Mittel besaß, dazu eine anständige Bildung und ein vernünftiges Einkommen, gerade deshalb nahm ich mir die Freiheit, meine Passionen im Zaum zu halten. Mit jedem Tag versuchte ich, in allem ein bisschen besser zu werden, meine Energien zu bündeln und keine Zeit zu vertun. Ich war mein eigener Zuchtmeister, und da ich gelernt hatte, zu allen Dingen eine gewisse Distanz einzunehmen, zwar vollen Einsatz, aber keine wirkliche Beteiligung zu schenken, auch nicht meinen Ertüchtigungen, schmunzelte ich über meine Methoden, schmunzelte über alles und jedes. In allem war ein Lächeln, das jedes Lachen fernhielt. Einen Sud aus Epiktet und Gautama trank ich täglich, mahnte mich, dass jede Begierde ein Trugbild war und in Abhängigkeit und ins Unglück führte. Wenn einer, wie dieser Philip, seine Energie verschwendete, betrachtete ich ihn mit Unverständnis und Mitleid. Er hätte einsehen müssen, wie kurz die Leidenschaft, wie lang hingegen das Leben war.

Seltsam war allerdings, wie einfach es gewesen wäre, sein Verhalten zu entschlüsseln. Meine Bibliothek, meine Kultur und auch mein Kopf waren bevölkert von Menschen wie Philip, Menschen, die ihr Leben hingegeben hatten – wofür? Für die Liebe. War das Liebe? Was Philip empfand? Diese Raserei? Daran zu glauben fiel mir schwer. Nein, das glaubte ich nicht, und falls es Liebe war verachtete ich sie und tat alles, mich von ihr fernzuhalten. Aber an welche Liebe glaubte ich? An jene, die nicht wehtat. An jene, die gleichberechtigt war, nachdenklich und sorgsam. An jene, die niemanden in Ketten legte. Für mich war die Liebe kein Wahn. Sie war ein Tausch, ein Tausch unter Gleichberechtigten, die bei Sinnen waren. Berechenbar, verlässlich und frei in ihren Entscheidungen. Doch Philip war nicht mehr frei. Er hatte sich dem Mädchen überlassen. Es hatte Macht über ihn. Philip entschied nicht mehr. Er war betört. Ein Zauber hatte sich seiner bemächtigt. Und Philip war schwächer. Wie das geschehen konnte, unschuldig oder aus einem bösen Willen, das war nicht entscheidend. Die einzige Frage, die sich stellte, war, ob er sich noch befreien konnte. Ob er jenem Dämon entkam, von dem die Bücher meiner Bibliothek erzählten. Und an den ich nie geglaubt hatte. Doch offenbar existierte er tatsächlich. Sein Giftpfeil hatte Philip mitten ins Herz getroffen. Süß war der Rausch, und dass Philip ihn mit seinem Leben bezahlen konnte, machte ihn nicht weniger verführerisch. Ich vermutete in allem einen Zweck, und hier fand sich keiner. Dies war die einfachste, schlichteste Liebe, hier war das Verbrennen, die Vernichtung des eigenen Willens im Schmelztiegel der Begierde, die Hingabe an einen anderen Menschen. Ich war Zeuge, wie eine Existenz auf dem Altar der alten Götter geopfert wurde, und der einzige Sinn lag in der schrecklichen Feier, im unsäglichen Fest, wenn einem Menschen das Herz aus dem lebendigen Leib gerissen wird.

Dann setzt der Regen ein. Zuerst sind es plumpe, schwere Tropfen, die einzeln aus dem Himmel fallen und den Asphalt sprenkeln in einem Rhythmus, der keiner ist, bloß eine Folge von platschenden Lauten, als würde etwas Lebendiges platzen. Ein kalter Regen, die Temperaturen sind seit dem Morgen tief geblieben, obwohl sich da und dort die Sonne zeigt. Wie silberne Fische glitzern die Tropfen im Licht. Aus den Wolken ragen schwarze Türme, durch deren Zinnen ein Strahl fällt und in den Regen leuchtet. Noch immer will der Wind sich nicht legen. Unermüdlich bläst er Gischt von jedem Sims.

In seiner Nische hofft er, die Schauer würden weiterziehen, aber mit der nächsten Böe schlägt ihm ein nasser Lappen ins Gesicht. Die Kadenz erhöht sich, das Platschen wird zum Trommeln, eine Stahlabdeckung macht die Cymbale – und nun gießt es. Kalt und unerbittlich. In Sekunden ist die Jacke nass bis auf das Futter. Seine Haare triefen. Eine Pfütze hat sich neben ihm gebildet und nässt jetzt den Hosenboden ein. Als er es merkt, springt er auf wie von einem Tier gebissen, er schüttelt sich, prustet, rennt los ohne Ziel, bloß weg aus dem Regen.

Er stellt sich unter das schmale Vordach über dem

Windfang. Er klopft die Tropfen von den Hosenbeinen, trocknet sich mit dem Ärmel so gut es geht das Gesicht ab. Sammelt sich. Er wünschte, er hätte eine Zigarette. Ein Stück Schokolade. Etwas zu trinken.

Den restlichen Vormittag verbringt er bei einem Kurden auf der anderen Straßenseite, an einem klebrigen Tisch in der Wärme neben dem Kebabspieß, gleich an der Glasfront mit Blick auf den Windfang. Auch hier an der Decke ein Fernseher, aber keine Lotusblumen und auch keine Chinesinnen, dafür Artilleriegeschütze, die in einer Wüste in Stellung gebracht und dann abgefeuert werden. Menschen flüchten mit Gepäck beladen über eine unbefestigte Straße in Richtung der Kamera. Dann wieder Krieger, die in einem zerschossenen Gebäude sitzen, Kalaschnikows aus dem Fenster halten und feuern. Schnitt, ein SUV fährt über eine Passstraße, an einem Bergsee vorbei. Irgendein Typ versucht, den gesamten Krempel seiner Familie in einen Wagen zu packen. Eine halbnackte Sängerin mit langen Beinen schaukelt auf einer Mondsichel. Ein Stern explodiert. Das weite Meer. Ein Ortungsschiff in der Dünung. Männer in Schlauchbooten. Das Bild einer Blackbox, die rot ist. Ein Regierungsvertreter, der nach Worten ringt, aber stumm bleibt. Keine Spur von der MH370 der Malaysia Airlines, keine Spur von den zweihundertneunundddreißig Frauen, Männern und Kindern. Und auch keine Spur von seinem Mädchen. Sind sie alle verloren?

Alles im Lokal ist nass und fettig. Philip trinkt etwas, das mit Ayran angeschrieben ist, das Billigste im Kühlschrank. Es ist gesalzenes Wasserjoghurt. Er ekelt sich, aber er ist zu hungrig und zu durstig, um das Gesöff stehenzulassen. Zwei Penner stehen im Eingang und machen Ärger. Der eine, ein kurzer Kerl mit Kapitänsmütze, duckt sich vor den Anwürfen und Beleidigungen eines Greises, der ihn um einen Kopf überragt und von oben herab mit Unflätigkeiten eindeckt. Ein Köter, katzengroß und glatt wie eine Ratte, quetscht sich zwischen die Beine des Alten und kläfft den Kapitän an, der mit verzweifeltem Blick nach einem Ausweg sucht. Es scheint um ein Los zu gehen, um Gewinn, den es zu verteilen gibt. Plötzlich hat der Alte genug und verstummt. Er räuspert sich, spuckt auf den Boden und umarmt den Kapitän. Zwickt in seine Wange, schiebt ihm die Mütze vor die Augen. Der lässt es sich gefallen. Sie lachen beide ein schiefes Lachen, und der Kläffer springt freudig am Bein des Herrchens hoch. So ziehen sie von dannen, der Seemann, der Alte und der Hund. Es regnet ohne Unterlass. Als würde die Stadt unter Wasser gesetzt. Als hätte der Himmel entschieden, die Mauern niederzuwaschen und die Straßen zu überschwemmen.

Auf dem Tisch liegt eine Tomate. Kein Viertel, wahrscheinlich knapp ein Achtel. Die Haut schrumpelig. Das Ding ist nicht rot, es ist giftig orange. Er versucht auszurechnen, wie wahrscheinlich es ist, dass es jemand im Mund hatte. Zahnspuren erkennt er keine. Und ausgespuckt sieht es ebenfalls nicht aus. Die Tomate wird aus einem Döner gefallen sein. An einem anderen Tag würde er darauf verzichten, aber heute ist er nicht wählerisch. Der Geschmack ist faulig, er spült mit seinem Joghurtgetränk nach. Hinter der Theke ist niemand zu sehen, er hört bloß, wie jemand Gemüse schneidet. Jedes Mal, wenn das Klacken verstummt, erscheint zwei Sekunden später eine Frau und stellt eine Gemüseschale auf die Anrichte. Das Zeug sieht lecker aus. Feine Tropfen sprenkeln die Gurkenscheiben, der Rotkohl in weißblaue Federn geschnitten. Die Zwiebeln kann er riechen. Das Fleisch brutzelt am Spieß. Der Magen meldet sich mit einem lauten Knurren. Er hat nichts für ihn. Bloß gute Worte. Was er fühlt, ist unangenehm, aber keine Gefahr. Seine Reserven werden notfalls für ein paar Tage reichen. Er wird nicht verhungern.

Zwei Lehrlinge betreten den Laden, und während sie auf die Bestellung warten, schauen sie mit gesenkten Köpfen auf ihre Displays. Sie sprechen kein Wort, bezahlen ihre Sandwiches mit großen Scheinen. Achtlos graben sie ihre Zähne in das Brot. Verschlingen das

Zeug bloß zur Hälfte. Den Rest werfen sie in den Kübel und verschwinden wieder. Er sieht die Essensreste. Fünf Zentimeter Fleisch und Brot. Er müsste bloß hingehen und es sich schnappen. Die Jungs sahen gesund aus. Bestimmt keine Krankheiten. Er ist schon aufgestanden, als vorne am Eingang des Gebäudes eine Aufregung entsteht. Männer im Anzug verlassen das Gebäude, das heißt, sie versuchen es, aber aus irgendeinem Grund bleiben sie im Windfang stehen und beginnen zu schwatzen. Einer hält einen Schnellhefter hoch und gestikuliert damit, andere stehen daneben und hören ihm zu. Es ist nicht zu erkennen, in welcher Stimmung der Sprechende ist, wütend oder erfreut. Nur seine rudernden Arme sind zu sehen. Einer daneben drückt sich das Telefon ans Ohr, ein anderer verlässt die Gruppe und geht nach draußen, wo er sich eine Zigarette anzündet. Und dann, er hätte es beinahe übersehen, betritt von der anderen Seite, aus dem Innern des Gebäudes, ein Schlacks den Windfang, ein Schlacks mit vier Beinen, zwei in Hosen, zwei in Strümpfen, unter dem Arm einen Köcher und ein Dreibein, geht an den Männern vorbei, hinaus auf die Straße, und aus seinem Rumpf werden zwei Rümpfe, die jetzt mit einem tanzenden Schritt die Straße hinunter Richtung Bahnhof ziehen. Er steht auf. Er ist wieder da. Er ist hinter ihnen.

Als sie die Strasse mit den Eisenbahnerhäuschen entlanggehen, rutscht ihm das Herz in die Hose. Wem folgt er da? Ist sie es, die neben diesem Zweimeterhünen vor ihm geht? Ein Zweifel bleibt und nagt weiter. Er riecht sie nicht, nur den Dreck und den Abfall. Das Wasser schwemmt den Moder auf. Seine Witterung ist gestört, das liegt an diesem Typen, der neben ihr das Material trägt und ihren Geruch mit seinem Geruch stört. Die Haare, der schlanke Hals, die Hüften. Sie muss es sein. Aber er traut seinen Augen nicht.

Bei der Kunstgewerbeschule steigen sie in die Straßenbahn. Wenn das so weitergeht, wird er sich eine Monatskarte kaufen müssen. Gut. Wo wollen sie hin?

In die Technische Hochschule. Das weiß er jetzt noch nicht, aber er wird es gleich erfahren. Sie werden bald aussteigen und den Hügel erklimmen, er wird weiter außer Atem kommen. Noch sitzt er. Noch fühlt er sich einigermaßen bei Laune. Aber das wird nicht lange halten. In den Lichthof der Hochschule wird er sich schleppen, wo die beiden ein Plakat aus dem Köcher ziehen, das Dreibein ausklappen und sich mit Prospekten bewehrt in die Menge stellen.

Ein Banner überspannt den Lichthof, darauf ein

Vexierbild in der Form einer Hortensie, die Blütenkelche als Hirnwindungen.

Es ist die Woche des Gehirns, Brain Fair, eine Messe dem Zentralorgan, damit man es preise in seiner Erhabenheit, ein Heil der Biochemie und Bioelektrik. Allenthalben glimmen Synapsen, entladen sich Aktionspotentiale im Gewusel von Studenten und Dozenten, die sich um die Schaukästen und Monitore drücken. Er setzt sich matt und ausgelaugt auf eine Treppe, die zu den Auditorien führt. Er sieht sie, aber er kann nicht erkennen, womit sie beschäftigt ist, vermutlich verteilt sie Prospekte, weiß Gott, zu welchem Zweck. Er ist auf eine Hirningenieurin hereingefallen, auf eine Priesterin des Zerebralen.

Er spürt das Bewusstsein einer besonderen Elite, die sich hier versammelt hat. Und sie warten auf etwas, er empfindet eine Aufregung, Adrenalin. Etwas Besonderes scheint im Anzug zu sein, ein Königsbesuch oder die Bekanntgabe eines Preisträgers, und tatsächlich schreitet nun eine Gruppe von älteren Herren durch den Haupteingang, worauf sich die Menge teilt. Ein Applaus ist zu hören, ein Mann in der Mitte, in seinen Sechzigern, mit hoher Stirn und schütteren roten Haaren, die Hüften steif, hebt die Hand und bedankt sich lächelnd. Ein Kerl, wahrscheinlich ein Techniker, spricht ihn an, und gleich steigen sie zu dritt links die Treppe hoch. Eine weitere

Minute verhält sich die Menge abwartend, dann kommt Bewegung auf, die Tassen werden abgestellt, der Lichthof leert sich, und die Menge folgt den dreien den Weg hinauf in das Auditorium Maximum. Das Plakat steht verwaist, das Mädchen und der Schlacks haben sich eingereiht, und er beeilt sich, nicht als Letzter in den Saal zu kommen.

Es ist eine weite Halle mit langen Sitzreihen und klapp- und schwenkbaren Tischchen, die man sich vor die Brust drückt, wahrscheinlich, um aufrecht sitzen zu bleiben und nicht einzuschlafen während der Langweiligkeit, die da vorne präsentiert wird von einem Rotschopf, der vor dreihundert Jahren das letzte Mal die Sonne gesehen hat. Er spricht mit englischem Akzent, und es ist nicht zu sagen, ob er die versammelte Schar fürchtet oder verachtet. Was er zu sagen hat, sagt er in einem monotonen Singsang, einem Sermon, der nach drei Minuten jede Windung im Sprachzentrum penetriert. Es ist der Duktus eines Überlebenden, eines Schiffbrüchigen, der verlorenging auf einem abgeschiedenen Eiland und nur mit den Schildkröten, den Seemöwen und den Gezeiten sprach, bis man ihn nach Jahren fand, zurückbrachte in die Zivilisation, eines Mannes, der seine Rettung nie begriffen hat, der ungläubig staunend zwischen den Menschen und auf ewig verloren in der Brandung steht.

Cuius rei demonstrationem mirabilem sane detexi. Hanc marginis exiguitas non caperet. Ich habe einen wunderbaren Beweis gefunden, aber es fehlt der Platz, um ihn hier auszuführen. So habe der Franzose seine Marginalie formuliert, das Rätsel, das dreihundertfünfzig Jahre lang niemand habe lösen können, nicht die Klügsten unter den Klugen, nicht die Ehrgeizigsten unter den Ehrgeizigen. Bis er gekommen sei, er, dieser schmächtige Rotschopf in seinem viel zu weiten Pullunder. Er wolle hier nicht erläutern, wie er die Sache angegangen sei, darüber habe man alles lesen können, über den Moment, als er an einem Tag im Spätsommer vor über zwanzig Jahren von Ribets Resultaten hörte und wusste, dass nun seine Reise begonnen habe, die Reise ins Licht, die Reise ins Verderben. Die Jahre davor hatte er sich um die Iwasawa-Vermutung gekümmert, aber dann ließ er alles liegen und schloss sich in sein Zimmer ein und begann die ersten Kringel auf einen leeren Bogen zu setzen, ähnlich jenen, die er jetzt gelegentlich an die Wandtafel kritzelt. Diese Hand ist geübt, sie zieht die Kreide mit drei Fingern agil über die Tafel, beinahe ohne zu quietschen, nur das helle Klacken, wenn der weiße Stummel auf den Schiefer schlägt, stört die schläfrige Stille. Er spricht mit fast tonloser Stimme, als hätte ihm eine unmenschliche Anstrengung jede Lebenskraft genommen.

Ich stehe lebendig vor ihnen, aber ich will an jene erinnern, die diese Reise nicht überlebt haben, besonders an den Japaner, der Mitte der fünfziger Jahre das erste Licht ins Dunkel jener lateinischen Randbemerkung gebracht hatte, ohne es freilich zu ahnen. Er glaubte, in einen anderen Brunnen gestiegen zu sein, der mit dem Rätsel nicht verbunden war. Das Problem, dem sich der Japaner widmete, war weit geringer als das von mir enthüllte Mysterium, und doch stieg er so tief in die unterirdischen Gänge, dass er sich darin verlor. Sohn eines Landarztes einer kleinen Vorortgemeinde Tokyos, seit dem zwölften Lebensjahr tuberkulös, hustete alle paar Minuten. Als Student in den ewig selben Anzug gekleidet, aus dem grünsilbrig schimmernden Stoff, den sein Vater einst billig bei einem Tuchhändler gekauft hatte und den keiner in der Familie tragen mochte. Der Sohn ließ sich daraus einen Zweireiher schneidern. Sein Äußeres war ihm einerlei, die Schnürsenkel band er einmal am Tag, wenn sie sich lösten, ging er bis zum nächsten Morgen in offenen Schuhen. Die Mahlzeiten nahm er in den Suppenküchen seines Viertels ein. Am liebsten aß er Eintopf aus Rinderzunge. Das war sein einziger Luxus. Er hauste in einem Verschlag in einem lärmigen Viertel Tokyos, das man scherzhaft »Palast der himmlischen Ruhe« nannte, die Vorortzüge fuhren von morgens bis abends durch sein Zimmer, wo er den Lärm mit Beethovens Achter zu übertönen versuchte.

Die meiste Zeit versteckte er sich in seiner Bude und las, allerdings niemals Romane, nur Fachartikel und Monographien. Der Plattenspieler war sein einziger Besitz mit Ausnahme einiger Bücher und einer gesprungenen Reisschale. Sonntags spazierte er hinaus zum Zoo. Der Krieg war vorbei, doch seine Verwüstungen blieben sichtbar. Eine neue Generation versuchte, eine eigene Zukunft zu bauen, nach den eigenen Regeln. Die Ratschläge der Väter taugten nichts. Sie führten sich auf wie Lehnsherren, aber ihre Manieren passten so wenig in die neue Zeit wie der grünsilbrige Stoff seines Anzuges.

Sein Telefon vibriert. Eine Nachricht. Der Saal hört es. Akku bei zwei Prozent und immer noch vorlaut. Eine Kurznummer. Unbekannt. Er wechselt das Programm, sieht in einer letzten Millisekunde gerade noch den Absender. Es ist die Polizei. Wir möchten Sie darüber informieren. Der Bildschirm wird grau, ein Rad erscheint, dreht eine Weile, verschwindet, und dann ist Nacht. Der Äther verstummt. Die Welt verschwindet.

Tokyo verließ er zeitlebens nie, er hasste es zu reisen und blieb lieber auf dem Campus oder verdrückte sich in einen Park. Kümmerte sich um nichts als seine Berechnungen. Bis er eines Abends im April auf einer Dinnerparty ein Mädchen kennenlernte. Sie stammte aus der oberen Mittelschicht, ein Einzelkind, fünf Jahre jünger als er. Es ist nicht sicher, ob es eine arrangierte Beziehung war, jedenfalls gaben die Eltern ihr Einverständnis und man beschloss zu heiraten. Die Verlobten suchten sich eine Wohnung, besorgten sich Möbel, aber ein paar Tage vor der Hochzeit, im November, fand man ihn leblos in seiner Klause. Im Abschiedsbrief schrieb er, dass er bis gestern nicht an seinen Tod gedacht habe. Die Gründe verstehe er selbst nicht, er könne nur sagen, dass es nicht ein einzelner Vorfall sei, der ihn zu diesem Schritt zwinge. Er habe den Glauben an die Zukunft verloren und hoffe aufrichtig, seine Tat werfe keinen Schatten auf das Leben eines anderen. Er könne nicht bestreiten, dass dies in gewisser Weise ein Verrat sei, doch habe er ein Leben lang die Dinge auf seine Weise angepackt – und so sei es auch in diesem Fall. Seine Verlobte folgte ihm einige Wochen später. Schließlich, so schrieb sie, hätten sie sich geschworen, niemals getrennt zu sein.

Die Polizei. Warum die Polizei? Wer hat die Polizei angerufen. Vera? Nein. Warum auch. Belinda muss es gewesen sein. Aber warum? Den Jungen wird sie in den Kindergarten gebracht haben. Wie es sich gehört für eine Tagesmutter. Sie macht sich Sorgen, natürlich. Er fühlt sich plötzlich berührt von ihrer Fürsorge, er sieht ihre Fülle, die durchaus verführerisch sein könnte, müsste er nicht jedes Mal an die Herkunft ihrer Üppigkeit denken, an die thailändischen Pangasiuszuchten und die Palmölplantagen, mit deren Produkten sie auch die Kinder ernährt, die Bengel, um die sie sich kümmert fünf Mal die Woche. Sie glaubt, er sei verschwunden. Deshalb die Polizei. Er muss raus. Er wird vermisst. Die Welt braucht ihn. Er muss zu seinem Wagen.

So endete das Leben eines Mannes, eines der größten Talente des Jahrhunderts, und doch zu schwach, die Strapazen seiner Forschungen zu ertragen. Tatsächlich ist es die schwierigste Aufgabe, bei diesen Reisen ins Ungewisse den Verstand nicht zu verlieren. Die Einsamkeit, die Tiefe der Probleme, die Dunkelheit, durch die man tappt, die Hindernisse, an denen man sich den Kopf blutig schlägt, die verzweifelte Suche nach Orientierung in einer unbekannten Welt, dies alles verwirrt die Sinne. Und das ist nur der kleinste Teil der Herausforderung. Denn bisweilen ist es notwendig, von diesen Reisen nach Hause zu kommen, in die Welt der Menschen, die keine Ahnung haben von den Wundern, vor deren Entdeckung man steht. Und man stellt fest, es gibt nur wenig, was man mit ihnen teilt. Wie sie muss man essen, wie sie muss man schlafen, der Rest aber, Freundschaften oder Zerstreuungen, zu denen man eingeladen wird, das hat jeden Sinn verloren. Nicht nur in den Nächten kehrt man zurück, in jedem unbeobachteten Moment wiederholt man die Etappen seiner bisherigen Reise, dreht weiter an einem Gedanken, den man nicht zu einem Ende bringen konnte. So ist das Gehirn beschaffen. Ein Organ, das sich ganz einer Sache verschreiben kann, ein Leben lang, ohne Rücksicht auf den Menschen, den es jenseits des Hirnes auch noch gibt. Warum ich nicht verrückt geworden bin? Aus einem einzigen Grund. Weil ich die Lösung gefunden habe. Weil ich mit einem Schatz aus der Tiefe gestiegen bin, aber ich wage nicht daran zu denken, was mit mir geschehen wäre, wenn ich mit leeren Händen dagestanden hätte. Nur der Erfolg beweist in den Augen der Mitmenschen meine Gesundheit. Darüber freue ich mich, aber ich bin nicht sicher, ob das eine gerechte Beurteilung meiner Gemütsverfassung ist. Ja, in gewisser Weise fühle ich mich dem Irrsinn sehr nahe, denn ohne Zweifel braucht es eine gewisse Beschädigung, um sich auf diese Abenteuer einzulassen. Eines Tages verließ ich mein Zimmer mit der festen Überzeugung, eine Lösung für mein Problem gefunden zu haben. Nachdem ich meine Frau und einige Kollegen ins Vertrauen gezogen hatte, ging ich an die Redaktion der Herleitung. Die Neuigkeit verbreitete sich derweil wie ein Lauffeuer, die Presse berichtete, ich hatte Interviews zu geben und fand mich im Fernsehen wieder. Da stellte jener Kollege, den ich als ersten eingeweiht hatte und der das Manuskript redigierte, eines Morgens eine Frage, die zunächst ganz harmlos wirkte, wie eine mindere Trübung in einer weitgehend kristallklaren Begründung.

Er muss zurück in sein Leben, aber mit Silly am Fuß wird er vorsichtig sein müssen. Damit ihn keine Streife aufgabelt. Sie werden ihn festhalten. Man wird denken, er sei verrückt. Ohne Geld, ohne Ausweis, mit nur einem Schuh. Ein Arzt wird ihn untersuchen. Fragen stellen. Mit dem Kugelschreiber sich hinterm Ohr kratzen und ihm ein paar Medikamente und vor allem viel Ruhe verschreiben. Und Gran Canaria? Die Gesundheit geht vor, werden sie sagen. Und er: Da steckt mein ganzes Geld drin. Wie gesagt, Ihre Gesundheit geht vor. Aber ich bin gesund. Man hat Sie aufgegriffen, ohne Geld und mit einem Grauhörnchen am Fuß. Sie haben gelogen, sie haben gestohlen. Sie haben Ihre elterlichen Pflichten vernachlässigt. Warum haben Sie nicht wenigstens die Tagesmutter informiert? Das Gesicht des Seelenklempners – ein universelles Unverständnis. Er spürt schon jetzt die Wut, wenn er an diese kompetente und vollkommen ahnungslose Visage denkt, ein Gesicht, das ihn ruinieren wird. Sie werden ihn dortbehalten. Er darf seinen Flieger nicht verpassen, er muss morgen Nachmittag auf der Insel sein. Sofern dort noch jemand am Leben ist. Und je mehr er versuchen wird, ihnen das klarzumachen, umso weniger werden sie ihm glauben. Seine Uneinsichtigkeit wird ihnen das deutlichste Zeichen für seine Verirrung sein, für seinen Wahnsinn. Es ist nur die Frage, ob dieser Wahnsinn vorübergehend ist oder sich dauerhaft in seinem Geist niedergelassen hat. Das muss man abklären. In aller Ruhe. Für Gran Canaria wird man eine Lösung finden. Ganz bestimmt. Er spürt, wie eine kalte Hand ihn am Nacken packt.

Am nächsten Tag machte ich mich daran, die Sache zu bereinigen. Ich nahm an, dass mich das ein paar Tage, höchstens eine Woche kosten würde. Aber mit jeder Stunde, die ich der Korrektur widmete, weitete sich das Problem aus. Zuerst betraf es nur die nähere Umgebung, griff dann aber schließlich auf Nachbargebiete aus, bis zum Schluss die gesamte Konstruktion zusammenbrach und nur noch in Trümmern vor mir lag. Damit begann der wahre Irrsinn. Solange ich geschwiegen und niemandem von meiner Entdeckungsreise erzählt hatte, war ich trotz Gefahren in Sicherheit. Notfalls hätte ich alles mit ins Grab genommen. Ich wäre gescheitert, ja, aber niemand hätte meine Niederlage erfahren, sodass ich mir einreden konnte, überhaupt nichts zu verlieren außer meinem Ehrgeiz. Man war stolz auf mich, aber Wochen und Monate und Jahre vergingen, und kein Buch erschien, das schwarz auf weiß den Beweis erbrachte. Ich saß wieder an meinem Schreibtisch, aber anders, gekrümmter, von einer größeren Last niedergedrückt. Es ging nicht mehr um die Lösung, die war gefunden, wenigstens glaubte die Welt das. Auch das Problem hatte sich erledigt. Keiner sprach mehr darüber. Nur ich und mein Kollege wussten von den Reparaturen, denen ich mich jeden Tag widmen musste. Mit jedem Morgen fand ich mich denselben Ruinen gegenüber, die am Abend in der Dunkelheit verschwunden waren. Die Lösung war ebenso beschädigt wie meine Zuversicht, die Mechanik reparieren zu können. Jedes Mal, wenn ich einen frischen Anlauf nahm, stieß ich auf ein neues Problem. Als müsste ich einen Teppich in einem Zimmer verlegen, das dafür zu klein war.

Er dreht sich um, aber er sieht nur die Frau, die in der Reihe hinter ihm an einem geöffneten Computer sitzt und ihn mit leeren Augen anstarrt. Auf der Rückseite des aufgeklappten Bildschirms ein Aufkleber, das Kreuz, an das sie den Messias genagelt haben, es steht auf dem Kopf, und er fragt sich, aus welchem Grund, ob die Frau an das Evangelium glaubt, ob sie eine der Gläubigen ist, die Freitagabend in die große Halle draußen im Industriegebiet pilgern, um von einem Erweckungsprediger versichert zu bekommen, dass sie persönlich von Gott geliebt werden. Aber der Erlöser steht auf dem Kopf. Hat sie nicht daran gedacht, dass auf dem offenen Bildschirm der Erlöser kopfüber steht und sie ihren Gott verhöhnt? Ist sie der Antichrist oder ist es einfach ein Versehen? Drei Runden dreht diese Frage durch sein Gehirn, bis er begreift, wie absurd sie ist und dass er sich um anderes zu kümmern hat. Er muss Belinda anrufen. Nicht die Polizei. Nicht bevor er seinen Wagen, seine Börse und seine Existenz hat. Bloß Belinda. Sie soll die Polizei verständigen und melden, dass alles in Ordnung ist. Er braucht ein Telefon.

Nichts half. Keine Lösung. Man würde mich für einen Lügner, einen Hochstapler halten. Und das zu Recht. Statt mich um die Korrektur zu kümmern, fragte ich mich häufiger, wie ich diesen Fehler hatte übersehen können. Vielleicht aus Absicht? Hatte ich eine Einsicht verdrängt, um einen Ausweg aus meinem Zimmer zu finden? War ich zu schwach, um eine Niederlage einzugestehen? Es wäre keine Schande gewesen. Ich fühlte mich wie eine Katze, die sich in eine hohe Krone verstiegen hatte. Bloß miaute ich nicht um Hilfe. Ich zweifelte an meiner Redlichkeit, ja, aber ich ließ nicht davon ab, weiter zu arbeiten. Über Monate schloss ich mich ein, sie vergingen ohne den leisesten Erfolg. Die Kollegen hatten längst Wind von meinen Problemen bekommen. Man warf mir verstohlene Blicke zu und versuchte an meinem Gesichtsausdruck zu erraten, wie lange es dauern würde, bis ich den Schlussstein in mein Werk setzte. Ob es jemals geschehen konnte. In dieser Zeit wurde ich kleiner. Ich verlor an Körpergröße, der Rücken begann sich unter Schmerzen zu krümmen. Mit jedem Gedanken, den ich an die Sache verschwendete, wurde sie undeutlicher, und ich fragte mich, ob es überhaupt eine Lösung gab und woher sie kommen könnte.

Hier nun eine Störung, eine Unterbrechung. Philip hat genug. Genug von diesem Gerede. Genug von den Rätseln. Verlässt den Saal, verlässt das Mädchen und nimmt sein Schicksal wieder in die eigenen Hände. Am Empfang meint die Dame, im Untergeschoss gebe es noch ein altes Münztelefon. Ein Münztelefon. Großartig. Er stürmt die Treppe hinunter. Da hängt ein Apparat aus dem letzten Jahrtausend. Aber es ist kein Münztelefon. Man nennt es bloß so, aber tatsächlich verlangt das Gerät eine Karte, es frisst kein Kleingeld. Zurück beim Empfang, versucht er, seine Not zu erklären. Die Dame reicht ihm wortlos und mit spitzen Fingern eine Telefonkarte. Gut. Jetzt. Jetzt steht er vor den Tasten. Belindas Nummer. Zehn Ziffern. Er kennt sie nicht. Das kluge Telefon zeigt bei jedem Anruf das Gesicht und den Namen, aber niemals eine Nummer. Was macht er jetzt? Vera. Dasselbe Problem. Aber er kennt seine Geschäftsnummer, gepriesen sei sein Gedächtnis. Sein Zentralorgan hat die Zahlenreihe gespeichert, er drückt sie in die Tasten, und ohne Verzögerung, in der ersten Tausendstelsekunde, erklingt seine eigene Stimme, die ihn fremd anmutet und mit leichtem Bedauern erklärt, dass man den Anruf zurzeit nicht entgegennehmen könne. Wo ist Vera? Warum nimmt sie nicht ab? Ist sie schon nach Hause gegangen? Vielleicht ist sie bloß auf der Toilette. Oder in der Pause auf der blauen Matte. Er spricht aufs Band, so beherrscht, wie es ihm möglich ist. Sie solle ihn zurückrufen. Er nennt die Nummer, die er auf dem Münztelefon entdeckt. Hängt auf. Wartet. Wartet eine Stunde. Dreht sich weg, wenn jemand die Treppe hinunterkommt, um auf die Toilette zu gehen. Alle paar Minuten schaut er auf seinen schwarzen Block, ob er sich regt, ob vielleicht noch ein Rest Ladung im Akku ist, aber zwecklos. Er ist alleine, abgeschnitten und getrennt von seiner Wirklichkeit.

In den ersten Dekaden des einundzwanzigsten Jahrhunderts war die alte Epoche noch nicht vollständig verschwunden. Die Reste waren noch da, ja, wie verlassene, halb zerfallene Gebäude, in einer Straße, die keiner mehr befährt. Man hatte neue Territorien entdeckt. Die Welt, von außen betrachtet, hatte sich wenig verändert. Die Generation der Großeltern hatte den großen Wandel gesehen, die ersten Flugzeuge, die ersten Waschmaschinen, das erste Fernsehen, zum ersten Mal einen Satelliten in der Umlaufbahn, das erste Raumschiff, zum ersten Mal einen Mann auf dem Mond, zum ersten Mal einen arbeitsfreien Samstag, den ersten bezahlten Urlaub. Das war alles ein Menschenleben her. Seither war wenig passiert, obwohl jeder von uns das Gefühl hatte, ein Zeitgenosse des größten Umbruchs der Weltgeschichte zu sein. Und jeden, der dies leugnete, sich den Maschinen entzog, nannten wir störrisch bis zur Dummheit. Die Motive ihrer Verweigerung mochten ehrenwert sein, aber es war sinnlos, niemand entkam der Wirklichkeit der Maschinen. Sie war hermetisch. Der Maschinenbote überbrachte die Nachrichten, nach denen wir unser Leben einzurichten hatten, ohne ihn, den Geflügelten, verstanden wir nichts. Er war ein wahrer

Trismegistos, der größte Philosoph, der größte Priester, der größte König, er allein wusste, was die neuen, unsichtbaren Götter verhießen, er alleine schlug die Gesetze an, aber da Philip nun abgeschnitten war, zum zweiten Mal ein Opfer der Elektrizität wurde, betrat er die alte Welt, die alte Erzählung mit den alten Figuren, jenen Geistern, die längst hätten tot sein müssen, aber noch nicht sterben konnten.

Einen dieser Geister kann man sich auf einer Alp vorstellen, wie er morgens im Nebel die Schafe zusammensucht, durch die feuchten Schwaden stapft, seinen Kopf in die Kapuze zieht und hier und dort einen Zaun ausbessert. Er ist dem Wetter ausgesetzt, aber er macht sich nichts aus der Natur. Sieht keinen Sinn darin, findet nichts an ihren Gesetzen. Der einzige Grund, warum er auf der Alp ist, liegt darin, dass er dort nicht reden muss. Er hat noch nie gesprochen. Kein einziges Mal. Wie jede Kreatur hat er Laute von sich gegeben, im Schmerz und in der Lust. Geröchelt. Gehaucht. Geweint. Aber niemals gesprochen.

Vor Jahrzehnten hat er in einer abgebrannten Mühle gehaust, außerhalb von Sandelfingen, an der Straße nach Thörigen. Hat sich den einzigen Raum, der nicht vom Feuer zerstört wurde, hergerichtet. Mit Holz, das er sich auf Baustellen zusammensuchte, nachts, nach Feierabend. Aus einer der Hauptleitungen zapfte er sich den Strom für die Heizung und den Kochherd ab, das Gemüse holte er sich frühmorgens in Schrebergärten. Dann fingen sie an, seine Katzen zu vergiften. Er fand sie tot im Mühlenweiher. Er wusste, was das zu bedeutet hatte, und lud, was er noch benötigen würde, in seinen Subaru und machte sich aus dem Staub.

Später sah man ihn auf den Baustellen im Mittelland, während der Hochkonjunktur. Schleppte Zement, legte Armierungseisen, blieb immer bloß ein paar Tage. Wenn sie ihn nach seinem Namen fragten oder wissen wollten, woher er war, ließ er sich vom Polier den Lohn auszahlen und suchte sich eine andere Arbeit. In einem Wald bei Kastelhofen erschlug er einen Soldaten. Einen Unteroffizier, der sich in der Kaserne um die Versorgung kümmerte. Der hatte behauptet, ein paar Nachtsichtgeräte verkaufen zu wollen. Aber das war gelogen. Das Einzige, was der Soldat ihm zeigte, war sein nackter Hintern. Er nahm einen Stein vom Boden, schlug ihn tot und ließ ihn liegen. Er bekam acht Jahre, die er auf dem Thorberg absaß. Dann fuhr er nach Portugal. Heiratete eine Frau, die fünfzehn Jahre älter war als er, die Tochter eines Diplomaten, der in Angola gefallen war. Sie hatten drei gute Jahre. Sie ließ ihn täglich ran und war eine ordentliche Köchin. Er machte ein bisschen Geld mit den Touristen aus der Heimat. Eines Abends hustete sie, und drei Wochen später war sie tot. Er besorgte ihr ein Grab auf dem jüdischen Friedhof in Faro, so wie sie es sich gewünscht hatte. Die Leute ließen mit sich reden. Obwohl sie keine Jüdin gewesen war. Danach verkaufte er das Haus, nahm das Geld und fuhr nach Hause.

Einen Winter verbrachte er am Col de la Forclaz, nicht weit von der französischen Grenze, in einer Pension, die während der kalten Jahreszeit geschlossen war. Mit einem Kerl, einem dicken Spanier mit Sprachfehler, den er auf einer Raststätte bei Martigny aufgelesen hatte. Sie schlugen ein Kellerfenster ein, heizten das Zimmer neben der Küche mit einem Gaspilz und spielten den ganzen Tag Schwarze Dame. In den Neumondnächten stiegen sie in den Subaru, fuhren über die Passstraße bis zu einem Holzfällerweg und schalteten die Scheinwerfer aus. An der Grenze wartete ein Mann auf sie, nass vor Aufregung. Er trug eine Brille, die zu klein war und schief auf seiner Nase saß. Dann luden sie die Kartons mit den Marlboros, den Camels und den Murattis in den Kofferraum und fuhren wieder zurück. Ein Typ, der in Konkursware machte, bot ihnen einen Achter pro Stange. Sie wollten zwölf. Acht, sagte der Hehler. Der Spanier fluchte. Sie einigten sich auf einen Zehner. Geht doch, sagte der Hehler, bleibt doch friedlich, wenn man sich in der Mitte findet. Mit dem Geld besorgten sie in der landwirtschaftlichen Genossenschaft Proviant, Bier, Schnaps, Dosenfleisch, Teigwaren, Tabak. Den Rest brachten sie bei den Nutten durch, in einem Puff gleich bei der Verladestation. Der Spanier wollte eine Blonde. Aber sie hatten keine Blonde, bloß eine Thailänderin, mit der er sich schließlich zufriedengab. Sie blieben bis vier Uhr früh, bis man sie auf die Straße stellte. Weil sie zu besoffen waren, schliefen sie den Rausch im Wagen aus. Die Kälte weckte sie. In einer Kneipe am Bahnhof bekamen sie Kaffee, Suppe und ein paar Eier. Dann fuhren sie zurück in die Pension und warteten auf die nächste mondlose Nacht.

In der Dämmerung sahen sie manchmal die Hirsche. Sie kamen aus dem Wald und scharrten mit den Hufen im Schnee nach Futter. Die Tiere waren dürr, in den Augen der Winter, die Wildnis und das Verderben.

Eines Morgens tauchte ein Wagen auf. Ein grauer Opel Kadett. Eine Frau und ein Mann stiegen aus. Der Spanier begrüßte den Mann mit einer Umarmung. Die Frau beachtete er nicht. Die beiden Neuankömmlinge sprachen baskisch. In der Küche legten sie ihre SIG-Sauer auf den Tisch und aßen stumm Teigwaren mit Streuwürze und ein paar Kekse. Sie tranken, gerieten in einen Streit, die Frau verzog sich. Danach legten sie sich hin und schliefen bis abends. Als es dunkel wurde, luden sie einen Schneidbrenner aus dem Opel, packten Gasflaschen in ihre Rucksäcke und stapften zwei Stunden durch den Schnee und durch die Wälder, bis sie hinter vermoostem Stacheldraht auf einen Bunker stießen. Drei Stunden dauerte es, dann hatten sie in die Stahltür ein Loch gebrannt, durch das sie einsteigen konnten. Vier Kisten, mehr vermochten sie nicht zu tragen. Stirnlampen leuchteten ihnen den Weg. Sieben Stunden lang, den ganzen Weg hinunter ins Tal, fluchte der Spanier ohne Pause, verfluchte Gott, seine Mutter und den Rey Juan Carlos. Früh am Morgen erreichten sie die Pension. Sie luden die Kisten in den Wagen. Der Baske drückte jedem einen Tausender in die Hand. Der Spanier war nicht zufrieden. Sie gerieten in Händel, bis die Frau dazwischenging und mit dem Spanier für zehn Minuten im Haus verschwand. Dann waren sie weg. Im Haus waren es neun Grad Celsius. An den Fenstern sprossen Eisblumen. Der Winter dauerte noch sechs Wochen.

In den Nächten hörte er jetzt manchmal, wie der Spanier sich kratzte. Eine Zeitlang versuchte er, die Sache zu verheimlichen, aber bald war klar, dass er sich etwas geholt hatte. Er schwitzte und redete wirr. Zwei Wochen sträubte er sich, dann hatte ihn das Jucken zermürbt, und er ließ sich in den Wagen packen. Er kannte einen Tierarzt bei Salach, da wollten sie hin. Auf der Kantonsstraße liefen sie in eine Streife. Mit hundertdreißig fuhr er über die alte Landstraße, aber hinter dem nächsten Dorf leuchtete der Himmel blau. Er blieb am Steuer sitzen, Hände auf dem Lenkrad. Der Spanier floh über einen Acker. Sie hetzten ihm die Hunde auf den Arsch. Das war das letzte Bild, das er in seinem Leben vom Spanier zu sehen bekam. Der Länge nach in der Wintergerste, Köter auf dem Rücken.

Zwei Wochen saß er in Untersuchungshaft. In einer Festung am Rande einer Stadt, die er nie zuvor betreten hatte. Dann gab man ihm eine Anwältin, eine junge Gans frisch von der Presse. Sie roch nach grünen Äpfeln und redete ohne Unterlass. Für ein paar Einbrüche und die Zigaretten gab ihm ein Richter achtundzwanzig Monate in Sankt Johannsen. Er wollte in die Pflanzung. Sie steckten ihn in die Schreinerei. Schraubte Holzkisten zusammen. Einmal, nach Ostern, hielt er einen Finger in die Bandsäge. Im Krankenhaus machte sich der Chirurg einen Spaß daraus, ihn wieder anzunähen. Dann kam er in die Wäscherei. Las abends Bücher, die er nicht verstand. An einem Tag im Oktober ließen sie ihn laufen. Neujahr feierte er in einem Durchgangsheim der Heilsarmee. Drei Monate durfte er bleiben. Sie ließen ihn in Ruhe, wenn er sich hin und wieder im Gottesdienst zeigte und danach die Gesangbücher einsammelte. Am Dreikönigstag wurde er vierzig. Er sagte es keinem.

Im Sommer tauchte er in einem Frisörsalon auf, bei einer Frau, mit der er fünfzehn Jahre früher eine Weile durch die Gegend gezogen war. Er wischte die Haare der Kundschaft zusammen und rührte das Bleichmittel an. Abends liebten sie sich manchmal. Die Frau hatte krumme Füße, aber das störte ihn nicht. An einem Dienstagnachmittag tauchte ein Typ im Laden auf, ein Fernfahrer. Kurz wie eine Steckrübe, im Arm einen Strauß Rosen. Sie schloss den Laden und verzog sich mit ihm Gott weiß wohin. Dort blieben sie drei Stunden. Als sie zurückkam, ordnete sie zuerst die Zeitschriften und trocknete das Waschbecken aus. Wir wollen es noch einmal versuchen, meinte sie, tut mir leid. Er füllte noch die letzte Shampooflasche, dann war er weg.

Er versuchte die alte Spur aufzunehmen. Trieb sich in den Schrebergärten herum, brach Holzhäuser auf, plünderte die Tiefkühltruhen. Aber die Zeiten hatten sich geändert. Jetzt bewachten Sicherheitsleute mit Reizgas und Stablampen die Gärten. Er fand Arbeit bei einem Fliesenleger. Hartes Gewerbe, aber gutes Geld, er konnte etwas zur Seite legen. Nach ein paar Monaten hatte er sich das rechte Knie ruiniert. Der

Arzt verschrieb Optalidon. Mit den Pillen gab es keine Probleme, ohne sie war er so zittrig, dass er mit dem Löffel den Mund nicht traf. Er kaufte sich einen Wagen, einen verbeulten Sunbeam mit einem Vinyldach. Sechs Tage fuhr er ziellos durchs Land, von hier nach dort, vom Arenenberg bis nach Rougemont, leerte Tank um Tank. Kurz nach Allerheiligen fand er sich im Jura wieder. In einem Gasthof bei Frinvillier füllte er sich den Magen mit grünem Speck und Treberwürsten, trank zwei Flaschen Algerier und einen halben Liter Damassine. Auf einer Seitenstraße hängte er einen Schlauch an den Auspuff. Ein Förster fand ihn mehr tot als lebendig. Im Bruderholz entfernten sie ihm einen Lungenflügel. Im Raucherzimmer lernte er die Witwe eines Garagisten kennen. Vier Millionen, aber bloß noch ein paar Monate, um sie auszugeben. Sie spielten Rommé. Dann erklärte ihm die Schwester das Sauerstoffgerät. Ein Assistenzarzt unterschrieb die Entlassung. Wo er hinwolle, fragte ihn die Witwe. Er schwieg. Ich will zu Hause sterben, sagte sie, aber ich komme die Treppen nicht mehr hoch.

Er bezog zwei Zimmer im Erdgeschoss. Eines ging hinaus auf die Terrasse, das andere hatte ein eigenes Bad mit einer Wanne aus Porzellan. Er kochte, trug die Witwe morgens vom Schlafzimmer an den Frühstückstisch. Fuhr in die Stadt, machte Besorgungen.

Wenn ihre Kinder zu Besuch kamen, verließ er das Haus. Nahm ihren Jaguar, kurvte in der Gegend herum und brachte die Scheine durch, die sie wortlos auf den Tisch legte. Zwei Mal die Woche betrank sie sich, am liebsten mit Eierlikör, meist in der Küche. Wegen der Medikamente vertrug sie nicht viel. Verlor sich in den ewig selben Geschichten, wie ihr Mann sie betrogen hatte mit der Vertreterin des Ersatzteilgrossisten, mit der Kleinen, die nach der Reparatur die Wagen putzte, und er hätte sie auch mit der Süßen in der Kantine betrogen, wäre er nicht vorher krepiert. Ihn kümmerte das nicht, auch nicht, wenn sie zornig wurde und ihr Glas an die Wand schmiss. Sie log oft, das stellte er bald fest. Jedenfalls starb sie nicht. Die Nachbarn begannen zu tuscheln, nach zwei Jahren hatten sie sich an ihn gewöhnt. Er erledigte Arbeiten für die Leute im Viertel. Schnitt die Hecken. Pumpte nach einem Unwetter den Keller aus. Sechs Jahre lang. An einem Donnerstag im August fand er sie auf dem Boden in ihrem Schlafzimmer. Die Kinder gaben ihm drei Tage, um aus dem Haus zu verschwinden, aber er brauchte nur drei Stunden, dann hatte er seine Sachen in den Jaguar gepackt.

Bei einem Türken lieh er sich fünfzehntausend zu neunzehneinhalb Prozent. Kaufte sich eine Lizenz, einen Taxameter und ein gelbes Schild. Die ersten Jahre machte er gutes Geld. Die Leute mochten den Jaguar. Er stotterte den Kredit ab, mietete ein möbliertes Zimmer und gönnte sich jeden zweiten Sonntag ein Mädchen von der Allmend.

Dann traf ihn die neue Zeit, eine Erfindung, von der ihm die Kongolesen am Bahnhof erzählten. Jeder Idiot fuhr nun Leute zu einem Spottpreis in der Gegend herum. Die Kunden blieben aus. Morgens eine Alte, die er zur Post, und abends einen Besoffenen, den er nach Hause brachte. Damit hatte es sich. Als er einen Koreaner zum Hotel fahren wollte, blieb der Jaguar stehen, mitten auf der Kreuzung beim Kongresshaus. Motorschaden. Die Reparatur sollte achttausend kosten. Er hätte den Wagen verschrotten sollen, aber er hing daran. Ging noch mal zum Türken. Der gab ihm das Geld und schickte drei Tage nach der Frist zwei Freunde vorbei, um sechs Uhr morgens. Sie gaben ihm Zeit bis Donnerstag. Er räumte das Zimmer und schlief auf der Rückbank. Verdiente so wenig, dass er kaum das Benzin bezahlen konnte.

Am Mittwoch, bevor er zahlen musste und höchstens einen Drittel zusammen hatte, stand er mit seinem Jaguar sechs Stunden in der Reihe vor dem Bahnhof und war endlich an der zweiten Stelle, als die Kameruner eine Gaudi veranstalteten. Sie lachten über einen Typen, der einen riesenhaften Pantoffel am Fuß trug.

Er wollte in die Vorstadt. Die Kameruner hielten ihn für verrückt und wollten zuerst das Geld sehen. Er hatte keines. Er müsse zu seinem Wagen, dann bezahle er das Doppelte. Die Kameruner klatschten in die Hände und ließen ihn stehen. Der Typ war ein Spinner, das war klar, aber er glaubte nicht, dass er faul war. Trug eine feine Hose. Der Schuh war ordentlich, wenn es auch nur ein einzelner war. Geschäftsmann. Mitte vierzig. Wäre das Viech an seinem Fuß nicht gewesen, diese festgebissene Ratte, er wäre nicht aufgefallen. Er war zwar nicht flüssig, schien aber Mittel zu haben. Bloß nicht hier. Kann ja vorkommen. Aber das Risiko kostet. Er bekam ihn auf zweihundert, dann sogar auf dreihundert, und wahrscheinlich wäre er bis vierhundert oder darüber gegangen. Er beließ es bei dreihundert. Dreihundert für eine Fahrt in die Vorstadt. Oder gar nichts und den Platz in der Reihe verloren. Einen Moment dachte er nach. Mit dem Geld konnte er nach Genua oder nach Hamburg. Den Jaguar verkaufen. Den Türken einen Türken und den Scheißkredit einen Scheißkredit sein lassen. Er nickte dem Kerl mit dem Frettchen am Fuß zu. Der stieg vorne ein, ließ sich auf den Sitz fallen, als sei er gerade dem Teufel entkommen. Er zitterte und roch nach Schweiß. Die Haare strähnig. Wahrscheinlich auf Drogen. Wenn er kotzen müsse, solle er es rechtzeitig sagen, dann fahre er ran. Er antwortete nicht und hielt sich am Armaturenbrett fest. Seltsam war bloß, dass er keine Adresse hatte. Die Straße habe keinen Namen, meinte er, er solle ihn bei der Station rauslassen. Von dort seien es bloß ein paar Schritte bis zum Wagen. Er würde das Geld holen und die Fahrt bezahlen.

Der Verkehr hatte zugenommen. Beim Universitätsspital standen sie eine Viertelstunde im Stau. Der Typ wurde unruhig. Und er sei sicher, dass er die dreihundert bezahlen könne? Ja, sei er. Sonst solle er jetzt die Tür öffnen und abhauen. Er blieb sitzen. Keine Bewegung im Blech. Ob er eine Umfahrung kenne? Nur Geduld, bald geht es weiter. Warum er das mache. Was? Warum er nicht jemanden anrufe? Akku ist leer, sagte er, Geld ist im Wagen. Das war alles, was er sagte. Zwanzig Minuten später waren sie bei der Station der S-Bahn. Der Wagen war noch nicht zum Stillstand gekommen, da drückte der Kerl die Tür auf und wollte rausspringen. Nur die Ruhe, Freundchen, erst brauchen wir einen Parkplatz. Gab es nicht, nicht um diese Zeit. Zweihundert Meter die Straße runter stellte er den Jaguar auf den Gehsteig. Der Kerl hatte es eilig, lief los, warf im Rennen den Pantoffel in die Büsche. Sie kamen an einem Sportplatz vorbei, und da begann der Kerl zu verlangsamen, bis er vor einer Tiefgarage zu stehen kam. Etwas schien nicht zu stimmen. Er schaute in die

Richtung einiger Krüppelkiefern, murmelte unverständliche Worte. Führte ein Schmierentheater auf. Sank auf die Knie, begann zu heulen. Es gab keinen Wagen. Natürlich nicht. Alles gelogen. Er hätte es wissen müssen. Die ganze Scheiße umsonst. Für die Füchse. Für gar nichts. Ein Drecksack. Hatte seine Gutgläubigkeit ausgenutzt. Er trat diesem Wichser von hinten in den Rücken sodass er der Länge nach auf das Pflaster fiel. Drei Mal hart in die Seite. Er drückte den Absatz auf seine linke Hand und verlagerte das Gewicht. Der Mann ohne Schuh schrie, gab dann Ruhe. So ließ er ihn liegen. Es war niemand zu sehen. Nur eine Elster saß auf einem Zaun und krächzte in den Abend.

Lange habe ich mich gefragt, wie es Vera erging, als sie Philips Nachricht auf dem Anrufbeantworter hörte. Was sie dachte: Wie sie sich die Sache erklärte, warum es so hatte kommen müssen. Und was ihre Schuld war. An jenem Mittwoch hatte sie nach Philips Nachricht versucht, jemanden auf Gran Canaria zu erreichen und ein Lebenszeichen zu erhalten. Vergeblich. Die Telefone der Senioren blieben stumm. Sie bekam Angst. Im Hotel, wo die Gruppe abgestiegen war, wollte ihr die Frau an der Rezeption keine Auskunft erteilen, auch nicht, nachdem Vera die Lage dargelegt und sie angefleht hatte, eine Ausnahme zu machen. Die Frau verwies auf die Diskretion und blieb unnachgiebig, versprach jedoch, den Hotelmanager zu informieren. Bis Mittag wartete Vera vergeblich auf dessen Anruf, und weil sie bloß die Geschäftsnummer angegeben hatte, musste sie an ihrem Platz bleiben und verpasste das Mittagessen. Philips Sorge fand sie übertrieben. Der Unfall hatte sich vor zwei Tagen, schon am Montag, ereignet. Wenn ihre Leute betroffen wären, hätten sie bestimmt davon gehört. Trotzdem blieben ihr Zweifel. Lagen sie alle im Krankenhaus und waren deshalb nicht zu erreichen? Das war durchaus möglich; nach einem Unglück dachte niemand daran, einen Besichtigungstermin zu annullieren, ganz abgesehen davon, dass kaum jemand noch Lust verspüren würde, ein Haus oder eine Wohnung zu kaufen und seinen Lebensabend auf dieser Unglücksinsel zu verbringen. Vera wurde unruhig. Die Arbeit blieb liegen. Sie konnte sich nicht konzentrieren, saß vor dem Bildschirm und las sämtliche Meldungen, die sie über den Unfall finden konnte. Die Wandergruppe wollte im Tal von Guayadeque das berühmte Höhlendorf besuchen, und es wurde vermutet, dass auf der abschüssigen Straße die Bremsen versagt hatten. Der grüne Reisebus lag eingedrückt auf dem Dach, die Räder gen Himmel, beinahe wie ein Käfer, den es auf den Rücken gedreht hat. Zwischen La Pasadilla und Cazadores habe sich den Rettungskräften ein Bild des Grauens geboten, schrieb eine lokale Zeitung, überall Schreie, überall Blut. Eines der Bilder zeigte das Todesopfer, zugedeckt mit einer Wärmefolie, aber Vera, als sie den Ausschnitt vergrößerte, entdeckte mit Entsetzen eine Hand, eine männliche, behaarte, füllige Hand, die offenbar zu einem schweren Mann gehörte. In diesen Schrecken hinein klingelte das Telefon, aber es war nicht der Hotelmanager, der sie aus diesem Albtraum erlöste, es war Max, ihr Freund, der wie jeden Mittag anrief, um ihre Stimme zu hören, und auch, weil er neugierig war, was Vera heute früh angezogen hatte. Sie verriet es ihm, und als er die Sorge in ihrer Stimme bemerkte und sie darauf ansprach, berichtete sie vom Unfall, vom Blut, von ihrer Ungewissheit. Er gab sich Mühe, Vera zu beruhigen und ihre Zweifel zu zerstreuen, aber die Vorstellung, wie sie alleine in ihrem Büro saß, in ihrem hellgrauen Etuikleid, erregte ihn, und er ließ sich zu einer anzüglichen Bemerkung hinreißen. Sie hatte den Blick immer noch auf das Bild von Zerstörung und Leid gerichtet, fühlte, wie zerbrechlich, wie flüchtig die menschliche Existenz war und von einem Moment auf den anderen, wenn man nichts Böses ahnte, auf irgendeiner Straße auf irgendeiner Insel in irgendeinem Urlaub ein jähes Ende finden konnte, inmitten von Blut, Glas, Blech und blühendem Ginster. Und obwohl Vera nichts sagte und überging, wie taktlos seine Worte waren, spürte er ihre Bitternis. Er versuchte noch eine mündliche Liebkosung, die sie billig fand, und gab schließlich die Leitung frei.

Bis um drei Uhr versuchte Vera weiter, jemanden auf Gran Canaria zu erreichen, ohne Erfolg. Sie stapelte Papier von einer Ablage in die andere, goss den Ficus, machte lustlos und abgelenkt ihre Übungen und kehrte dazwischen immer wieder an ihren Bildschirm zurück, als könnte aus dem, was sie da sah, etwas zu lernen sein, als läge darin eine Lektion verborgen, die sie noch nicht begriffen hatte. Sie besah sich ihre eigenen Hände, die trocken und kalt waren, und sie fragte sich, wie viel Zeit ihr noch blieb, bis sie ebenso nutzlos und tot sein würden wie die Hand auf der Straße. Sie stand ans Fenster gelehnt, nippte am Tee, der nach Kalk und Spülmittel schmeckte, und sie hatte zum ersten Mal seit fünfzehn Jahren Lust auf eine Zigarette. Sie sah die Häuser, das Stadion, Menschen mit Einkaufstaschen, spielende Kinder, alles wie immer. Die beste und angenehmste Stadt der Welt, wie überall versichert wurde, eine Stadt, die Vera vollkommen fremd und gleichgültig war, so fremd und gleichgültig wie die Maschinen, die den nahen Flughafen anflogen, gleichgültig wie der Himmel, die Wolken und der Nachmittag.

Dann klopfte es, und Max stand vor der Tür. Er wollte sich für seine ungeschickten Worte entschuldigen, schlug vor, Vera solle heute etwas früher Schluss machen, und streckte ihr zur Versöhnung eine Flasche Sekt entgegen, ausgerechnet spanischen Cava. Sie zischte ihn an, und er beteuerte kleinlaut, sich nichts dabei gedacht zu haben. Seine Gedankenlosigkeit verletzte sie erneut, und statt Gläser zu holen und die Flasche zu öffnen, stellte sie ihm wortlos eine Tasse Kaffee hin. Er setzte eine schuldbewusste Miene auf, die sie kannte, die albern war und sie trotzdem zum Lachen brachte. Er verstand es als Aufforderung, die nächste Avance zu versuchen, und berührte ihre Schenkel. Mit dem Kugelschreiber stieß sie ihn leicht in die Seite, mehr spielerisch als streng, aber Max, plötzlich beleidigt, schnappte ein. Einen Augenblick dachte sie, er halte sie zum Besten, bis er die Tasse auf den Tisch stellte, die Jacke anzog und wortlos das Büro verließ. Eine halbe Minute stand Vera reglos im Geruch seines Aftershaves, verwundert über sich selbst, über diesen Tag, der unauffällig begonnen und mittlerweile jede Freude vergiftet hatte, dann riss das Telefon sie aus ihrer Erstarrung. Es war der Hotelmanager. Er hatte die Reisegruppe am Morgen beim Frühstück begrüßt, alle waren gesund und munter. Sie wollten hinauf in die Berge, sagte er, dort oben gebe es keinen Empfang, wohl deshalb habe keiner geantwortet. Bestimmt seien sie zum Abendessen zurück. Er werde ihnen gleich von Veras Anruf berichten. Das

Gespräch dauerte keine Minute und erleichterte Vera so sehr, dass sie eine Träne verdrückte. Dann besann sie sich, stürmte ans Fenster und sah gerade noch, wie Max unten in den Wagen stieg. Er solle warten, rief sie ihm zu, er stutzte, schüttelte den Kopf und brach in ein Gelächter aus. Bevor sie das Fenster schloss, warf ihm Vera eine Kusshand zu, dann schaltete sie den Computer aus, packte die Sektflasche in die Handtasche und löschte das Licht. Im Fahrstuhl fühlte sie sich leicht wie ein junges Mädchen.

Beim Japaner besorgten sie sich etwas zu essen, und als ihr Blick auf eine Seespinne fiel, die in der Kühlvitrine lag, erschien wieder die tote Hand in ihrem Kopf. Sie hatte vergessen, Philip eine Nachricht zu schreiben. Sie bestellten Schwertfisch, dazu eine Suppe. Im Wagen machte Max den Idioten, tat, als wäre er ein wild gewordener Gorilla, der nicht an sich halten konnte. Sie balgten und sie küssten sich.

An die Nachricht dachte sie erst wieder, als sie auf dem Klappsofa lagen. Sie sprang aus seiner Umarmung, wühlte in der Tasche nach ihrem Telefon, und er, am Sekt nippend, kratzte sich den Bauch und machte sich lustig, meinte, sie sei verdorben, wie sie ihrem Chef nackt eine Nachricht tippte und so tat, als würde sie noch arbeiten. Sie kicherte und schlüpfte wieder zu ihm, aber ein Gedanke, der ihn seit dem

Mittag besessen hatte, tauchte wieder auf, und er verlangte, sie solle sich anziehen. Sie gab sich erstaunt, tat so, als glaubte sie, dass er noch einmal rauswolle, dann stupste sie ihn an die Nase, nannte ihn einen Schelm, löste sich von ihm und stand auf. Schlüpfte ins Kleid, zog Strümpfe und Schuhe an und malte sich die Lippen rot an. Er fand sie verwandelt, und sie spielten, als wären sie wieder im Büro, als wäre er ein Geschäftsmann, der mit ihrem Chef eine dringende Angelegenheit besprechen musste und ungehalten war, weil sie ihm einen falschen Termin angegeben hatte. Sie gab die reuevolle und etwas dümmliche Angestellte, die nicht verstand, wie sie ihren Fehler ausbügeln konnte. Er musste es ihr haarklein, in allen Einzelheiten erklären, und nachdem sie ihn für die verlorene Zeit entschädigt hatte, schlüpften sie erneut ermattet unter die Decke und schliefen ein.

In der Dämmerung erwachte Vera, holte aus der Küche den Schwertfisch, den sie dann im Schneidersitz auf dem Bett aßen. Im Abendprogramm gab es einen Spielfilm über Rosa Luxemburg. Aus der Geschichte machte sich Max nichts, hingegen lobte er die Schauspieler, vor allem Barbara Sukowa, mit der sie, wie er beteuerte, eine gewisse Ähnlichkeit besitze. Obwohl Veras Beine natürlich unvergleichlich seien. Dies gab den Auftakt zu einer endlosen Reihe von Komplimenten, er lobte jeden Teil, den Rücken, die Hüften und den Hintern, und er fand immer noch eine Stelle, die er noch nicht bewundert und gewürdigt hatte.

Dann blieben sie einen Moment zu lange bei den Spätnachrichten hängen, wo über die vergebliche Suche nach der MH370 der Malaysia Airlines berichtet wurde. Man sah die aufgelösten Gesichter der Angehörigen, die Suchschiffe im meterhohen Wellengang, sah einen kahlköpfigen Experten, der die verschiedenen Möglichkeiten erörterte, Feuer an Bord, Entführung, Triebwerksausfall. Mit sorgenvollem Blick erinnerte er daran, dass in wenigen Tagen die Stromversorgung des Flugschreibers erschöpft sein werde. Gleichwohl sei es ausgeschlossen, dass eine Verkehrsmaschine endgültig verschwinde, nicht in unserer Zeit, nicht mit den technischen Hilfsmitteln, den Satelliten, den Suchflugzeugen. Eines Tages werde man Trümmer finden, das sei unausweichlich. Dann wurde die Mutter des neunzehnjährigen Pouria Nour Mohammad Mehrdad gezeigt, des einen der beiden Iraner, die mit gefälschten Pässen an Bord gelangt waren. Ja, ihr Sohn habe die Gesetze gebrochen und das sei unrecht, aber alles, was er sich gewünscht habe, sei eine Zukunft in Europa, ein Leben in Freiheit. Sie sei eine Mutter, wie alle anderen Angehörigen der zweihundertneununddreißig verlorenen Seelen sei auch sie krank vor Sorge und Schmerz, auch sie habe ein Recht zu erfahren, was mit ihrem Sohn geschehen sei. Aber niemand kümmere sich um sie, niemand habe sie angerufen, nicht die Regierung Malaysias, nicht die Fluggesellschaft. Mit dieser Klage ließ man sie stehen, danach wechselte man den Kontinent, und zu den Liebenden gesellte sich eine Person, die man als den neuen starken Mann auf der Krim vorstellte. Man sah Leibwächter mit automatischen Waffen, Straßensperren am Rande von Simferopol, und da bat Vera, Max möge den Fernseher bitte ausschalten, was er auch gleich tat. Er streckte sich und gähnte, sie tranken die Gläser leer, der Sekt war schal und warm, dann löschten sie das Licht, schmiegten sich aneinander, lagen wie zwei Löffel, glücklich und geborgen.

Ich kann nicht sagen, was danach mit den beiden geschah, ob ihre Liebe stark genug war, um die Vorwürfe zu ertragen, die Vera sich gemacht haben muss, nachdem sie im Büro die Nachrichten auf dem Anrufbeantworter gehört hatte, die zunehmende Verzweiflung in Philips Stimme. Nüchtern betrachtet, traf sie keine Schuld an seinem Schicksal, aber das Gewissen glaubt nicht an die Argumente der Vernunft. Jener Nachmittag, den sie in den Armen ihres Geliebten verbrachte, wog in ihren Augen nicht auf, was danach kam, was sie umtreiben würde an allen Tagen, die sie noch zu leben hatte. Hätte sie die Wahl gehabt, sie hätte die Stunden mit Max ohne zu zögern hingegeben.

Vera hielt sich für eine Frau, die sich zuverlässig an ihre Pflichten hielt. Nur einmal hatte sie sich verführen lassen und sich dem Augenblick ergeben. Wem will man die Ungerechtigkeit anrechnen, dass sie ausgerechnet an jenem Tag auf ihrem Platz hätte bleiben sollen? Es gab niemanden, dem sie die Schuld geben konnte. Um sich selbst zu entlasten, wird sie Max Vorwürfe gemacht haben, und selbst wenn sie diese Vorwürfe für sich behielt, so wird sie ihn doch insgeheim, nur für sich, verdammt haben, verflucht für seine Sorglosigkeit, seine Lüsternheit, seine Ignoranz. Doch sosehr sie ihn verachten mochte, zuletzt fiel alles auf sie zurück. Sie hatte sich von einem Mann, der es nur zu einem Gebäudetechniker gebracht hatte, mit dem sie nichts als die Freizeit teilte, verführen lassen, mit einer billigen Flasche Schaumwein und seiner noch billigeren Kränkung. Das war ihr Preis gewesen. Konnte Vera sich selbst verzeihen? Ich möchte es gerne hoffen, um wenigstens etwas Trost in dieser Geschichte zu finden, aber wenn ich aufrichtig bin, glaube ich nicht, dass Vera dafür die Stärke besaß. Sie war eine empfindsame Person, und der Riss, der sich aufgetan hatte, als sie an jenem Märztag im Büro stand und fassungslos die Nachrichten hörte, die Nachrichten, die an sie gerichtet waren, an niemanden sonst, auf die sie hätte antworten müssen, um Philip zu retten, dieser Riss wird ihr geblieben sein, selbst wenn man darauf vertrauen darf, dass sie damit zu leben lernte oder dass wenigstens die Gnade des Vergessens auch ihr zuteilwurde und sie die meisten ihrer restlichen Tage verbrachte, ohne von ihm gequält zu werden.

Wie Philip in jener Nacht, als Vera bei Max lag, auf den Balkon gelangen konnte, bleibt unklar, vermutlich über die Feuerleiter, die er vom Dach des Anbaus erreichen konnte. Irgendwann muss er wieder zu Bewusstsein gekommen sein, im Mund den Geschmack von Asphalt und Eisen, der nackte Fuß steif vor Kälte. Es war dunkel geworden, und lange starrte er ungläubig hinüber zu den Krüppelkiefern, wo sein Wagen hätte stehen müssen. Aber da war nichts, und dieses Nichts, diese Leere, drang nur langsam in sein Bewusstsein. Hatte er sich geirrt und den Wagen an einen anderen Ort gestellt? Stand er noch im Parkhaus? Er drückte auf den Türöffner an seinem Zündschlüssel, aber kein Pfeifen ertönte, nirgends machte sich ein Blinklicht bemerkbar. Der Wagen war verschwunden, und er hatte keine Ahnung, wo er geblieben war. Belinda hatte damit nichts zu tun, das war sicher. Sie konnte die Polizei nicht anrufen, die Gefahr, überprüft und mangels Papieren aus dem Land gewiesen zu werden, war zu groß. Den Jungen hatte sie über Nacht bei sich behalten, sich eine Geschichte ausgedacht, warum der Papa ihn alleine ließ. Am nächsten Morgen brachte sie den Kleinen in den Kindergarten und nahm ihn nachmittags wieder zu sich. Sie kochte ihm sein Lieblingsessen, mit Nachspeise und Überraschungsei. Danach legte sie den Film des kleinen Eisbären ein, der sich eines Tages alleine auf einer Scholle wiederfindet und auf ihr in den Süden fährt. Bald war der Kleine eingeschlafen. Belinda trug das schwere Kind in ihr Zimmer, bettete es, legte sich daneben, hörte, wie der Junge im Traum sprach, dann schlief auch sie ein.

Was danach mit den beiden geschah, mit Belinda und dem Jungen, kann ich nicht sagen, ich habe darüber keinerlei Nachforschungen angestellt. Es schien mir erstens nicht wesentlich, und zweitens kann man sich die wenigen Möglichkeiten leicht ausmalen. Irgendwann muss sich Belinda trotzdem bei der Polizei gemeldet haben, falls sie niemanden fand, der ihr das abnahm. Die Behörden suchten nach einer erziehungsberechtigten Person, wie man das nennt, nach einer Mutter oder Ähnlichem, und der Junge, je nach Ergebnis ihrer Nachforschungen, wurde in ein Kinderheim oder in eine Pflegefamilie gegeben. Ob Belinda ihre bescheidene Existenz als Tagesmutter, die sie sich in den Jahren davor aufgebaut hatte, behalten konnte, wird im Ermessen der Fremdenpolizei gelegen haben, aber es ist wahrscheinlich, dass sie noch einmal ihre Kraft und ihren Lebenswillen zusammennehmen und in einem neuen Land einen neuen Winkel suchen musste, wo man sie in Ruhe ließ, wenigstens eine Zeitlang.

Philips Wagen hatte man abgeschleppt, schon gegen Mittag, wie es üblich ist, wenn jemand ein Halteverbot missachtet. Eine Verwaltungsangelegenheit, wie sie täglich unzählige Male vollzogen wird und die niemand persönlich nehmen sollte. Der Halter wird informiert, er muss ein Bußgeld bezahlen und damit ist die Sache erledigt. Philip fand bei der Trafostation eine Wand, an die er sich lehnen konnte. Im hochfrequenten Sirren der Generatoren hatte er jetzt wieder deutlich das Gefühl, dass ihn jemand beobachtete, jemand, der sein Schicksal erwog und ein Urteil suchte, aber wie es auch immer ausfallen mochte, ob Mitleid, Hohn oder Verdammung, zu Hilfe kam ihm niemand. Nur die Elster gesellte sich zu ihm, beäugte ihn, aber er hatte nichts, keine Krume, die er ihr geben konnte. Vielleicht hat er daran gedacht, hinüber in die griechische Taverne zu humpeln, aber das war zwecklos, denn dort war alles dunkel. Vielleicht hatten sie Ruhetag oder bereits Feierabend, das ist einerlei.

Irgendwann, spät, hörte er Schritte, helle Absätze, die näher kamen, aber seine Sicht war getrübt, nur verschwommen erkannte er eine Gestalt, die sich dem

Haus näherte, in den Korridor trat und im Eingang verschwand. Kurze Zeit später ging in einem Fenster im obersten Stock ein Licht an, und das wird ihm ein Zeichen gewesen sein, ein Signal, ein letzter Ruf. Jedenfalls sehe ich ihn auf dem Dach stehen, auf dem groben Kies, zwischen den Lüftungschächten und den Kaminen. Drei Meter tiefer der Balkon, hinter dem er vorhin das Licht gesehen hat. Er wagt den Sprung. Liegt auf dem Balkon. Der Raum dahinter ist dunkel. Er drückt das Fenster ein. Scherben klirren, es wird warm und feucht.

Was sehe ich? Nichts, das Zimmer ist leer. Kein Bett, weder Tisch noch Stuhl, kein Lebenszeichen. Der letzte Ort vor dem Nirgendwo. Von draußen dringt der Schimmer der Vorstadt herein. In einem Türrahmen hängt der Schatten eines Pelzes. Alles liegt bereit. Auch die Schuhe sind da. Der Mantel ist weich, er wärmt, man will ihn anziehen und nach draußen, in die Kälte, in die Nacht, auf den Balkon. Jetzt ist es still. Der schwarze Himmel, blinkende Positionslichter, dieses Bild sehe ich, aber was da leuchtet, sind keine Sterne. Es sind kalte, ferne Augen, die mich betrachten und auf eine Antwort warten. Hier ist sie. Hier ist meine Nachricht. Eine Nachricht an das Universum. Eine Nachricht an meinen Schöpfer. Ich sterbe, aber ich verschwinde nicht. Dies ist das Ende, und hier will ich beginnen.

Sollte diese Publikation Links auf Webseiten Dritter enthalten, so übernehmen wir für deren Inhalte keine Haftung, da wir uns diese nicht zu eigen machen, sondern lediglich auf deren Stand zum Zeitpunkt der Erstveröffentlichung verweisen.

MIX
Papier aus verantwortungsvollen Quellen
FSC® C014496

Verlagsgruppe Random House FSC® N001967

1. Auflage
Genehmigte Lizenzausgabe Januar 2019
btb Verlag in der Verlagsgruppe Random House GmbH,
Neumarkter Straße 28, 81673 München

www.wallstein-verlag.de
Covergestaltung: semper smile, München
nach einem Entwurf von © Wallstein 2017
Druck und Einband: GGP Media GmbH, Pößneck
MK · Herstellung: sc
Printed in Germany
ISBN 978-3-442-71669-2

www.btb-verlag.de
www.facebook.com/btbverlag